10,95

Job, iets met verkering & ander gevaar

Voor Reneetje, mijn vriendinnetje

Job,
iets met verkering
& ander gevaar

Marly van Otterloo

lannoo

NEDERLANDSE
KINDERJURY
2007

www.lannoo.nl

Omslagontwerp Studio Jan de Boer
Illustraties Mies van Hout
Zetwerk Scriptura

ISBN10 90 8568 182 0
ISBN13 978 90 8568 182 3
NUR 282

I. De meester bloost

'Jullie raden nooit wat ik heb gezien!'
Frits was zojuist op het dak van de gymnastiekzaal
geklommen en stond weer op de grond. Je kon aan
niets merken dat hij een half jaar geleden nog met
krukken liep nadat hij zijn been had gebroken tijdens de werkweek van school. Kees, die ik ken van
de gevangenis, en ik vonden Frits toen in de duinen.
'Nee, geen idee,' zei Tom. 'Wij staan hier op jou te
wachten want zonder bal is het lastig voetballen.'
Frits zette zijn rechtervoet op de bal. 'Onze meester stond te zoenen met juf Mineke!'
'Hè?' zei ik.
'In háár lokaal!' zei Frits op een toon alsof het van
groot belang was wáár de gebeurtenis zich had af-
gespeeld.
'Dat kan niet,' zei Jaco.
'Zeg jij dat ik sta te liegen?' Frits nam meteen een
vechthouding aan.

'Ik bedoel,' zei Jaco, 'onze meester is getrouwd en juf Mineke is hartstikke lesbisch. Ze woont samen met haar vriendin.'

'Het is raar,' zei Tom, 'maar het kán wel.'

'Weet je wel zeker dat ze aan het zoenen waren?' vroeg ik. 'Misschien deden ze wat anders, fluisterde de meester iets in haar oor of vroeg zij hem of hij haar wilde optillen?'

Juf Mineke is heel klein.

'Ja hoor Job, ik zal niet weten wanneer mensen staan te zoenen,' zei Frits.

Het gesprek ging de verkeerde kant op. Ik had helemaal geen zin om het over dat soort dingen te hebben. Aan het begin van het schooljaar had ik verkering gehad met Deirdre, het mooiste meisje van de school. Tot elf dagen later bleek dat ze me alleen maar had gebruikt om Frits jaloers te maken.

Nadat Frits het had uitgemaakt met Deirdre, was hij even met Annette geweest en nu ging hij al een tijdje met Bo uit de parallelklas.

'Kom, we spelen verder,' zei Jaco.

De volgende ochtend begon Frits er meteen over:

'Heeft u gisteren een leuke middag gehad, meester?'

Eerst had de meester niets in de gaten. 'Wat een medeleven, Frits. Ja prima, dankjewel.'

'Wíj hebben gevoetbald.'

'Mooi,' zei de meester. 'Als jullie dan nu zo vriendelijk willen zijn te werken aan het eindwerkstuk?'

'Gistermiddag kwam de bal per ongeluk op het dak van de gymnastiekzaal,' zei Frits. Hij sprak de woorden een voor een uit. Frits heeft altijd een grote mond, maar dit was anders. Mijn moeder zou zeggen dat hij aan het 'zuigen' was, zoals mijn vader dat doet als hij chagrijnig is.

'Daar heb je prachtig uitzicht,' zei Frits.

'Dat zal best,' zei de meester.

'… want je kijkt recht in het lokaal van juf Mineke!' maakte Frits zijn zin af.

'En nu allemaal als de sodemieter aan het werk!' zei de meester.

Frits hield zijn mond, maar grijnsde van oor tot oor.

Aan meesters rode kop te zien, had hij inderdaad juf Mineke niet geholpen bij het begieten van plantjes boven op de kast.

Dat had ik weer: een meester die zich belachelijk

gedroeg. Kon hij niet gewoon zijn eigen vrouw zoenen?

Ik legde snel mijn werkmap 'Beren in Canada' op tafel. Over twee maanden zouden we zelf naar Canada gaan. Helemaal te gek! Mijn moeder komt ervandaan. Haar ouders, mijn opa en oma, en haar zussen wonen er. Ik was al volop aan het mailen met mijn neef en nichten. Zij komen elke zomer bij oma en opa; mijn ouders en ik gaan om het jaar. Het laatste bericht was van Brian:
'Hi fellow, how are you? I'm fine. I've made it into the school baseball team. I'm looking forward to pushing you under in the lake.'
Een van Brians hobby's is mij kopje-onder duwen in een ijskoud meer.

2. Grizzly Man

Voordat het vakantie was, moest ik nog wel mijn berenverhaal afmaken. Bij ons afscheid van de basisschool zou een prijs worden uitgereikt voor het beste werkstuk. Een baron, die vroeger op onze school zat, heeft dat verzonnen en daarom is die prijs naar hem genoemd: Baron de Graaffprijs. Als je wint krijg je een geschiedenisboek. Lekker boeiend.

'Het gaat om de eer,' zei de meester.

Als ik zag hoeveel werk vooral de meisjes ervan maakten, kwam ik nooit in aanmerking voor de eer. Ik zou al blij zijn als het af was. Hoewel ik geen gaver onderwerp had kunnen kiezen.

Mijn opa in Canada zit vol enge verhalen over beren. Dat er bij het aanleggen van een weg bijvoorbeeld opeens een beer komt aanrennen om de stratenmakers aan te vallen. En over een man die een aanval overleefde door onder een stel boomstammen te kruipen en net te doen alsof hij dood was.

Dat weekend had ik met mijn moeder in de bioscoop gekeken naar naar een film over een Amerikaan die dertien zomers lang tussen de beren kampeerde. Hij noemde zichzelf de Grizzly Man. Al die jaren filmde hij beren en zichzelf. De laatste keer nam hij zijn vriendin mee. Een onvergetelijke vakantie die eindigt in de maag van een van de beren. Vooral dat opeten vond ik interessant.

Ik had eens een andere film gezien van een mevrouw die ook steeds naar beren ging kijken, in Alaska, maar die was tamelijk *boring*. Ze stond erbij alsof ze op bezoek was bij de hagedissen in Artis. Grizzly Man was juist heel lawaaiig. Als er een beer aankwam, riep hij in de camera: *'This is Arthur. Do you see Arthur? I love Arthur. Arthur, I love you so much. I love you, I love you!'*

Mijn moeder zei na een paar minuten: *'This guy is nuts!'*

Kierewiet!

Na die laatste zomer wilde Grizzly Man met zijn vriendin naar huis. In de herfst zijn er geen besjes en zalm meer en dan worden beren link. Het probleem was dat hij op het vliegveld ruzie kreeg over zijn ticket. Ze zeggen in de film niet waarover, maar ik denk dat hij bij het raam wilde zitten en dat die stoelen al bezet waren.

'Nou, dan moeten jullie het zelf maar weten. Gaan we toch lekker weer naar berenland. Toedeloe stelletje sukkels!', zegt Grizzly Man.

En dan gebeurt het. Achter hem zie je een oude, mottige beer door het water struinen.

'Dit is een heel gemene beer,' zegt hij. 'Die zou mij wel eens op kunnen eten.'

Hij had waarzegger kunnen worden, als hij was blijven leven!

Er kwamen vier vuilniszakken vol uit die berenmaag: stukjes stof van kleding en de resten van Grizzly Man en zijn vriendin.

Mijn moeder pakte mijn hand vast. Of ik die van haar, daar wil ik vanaf wezen. Brrrrr.

Ik had al een lijstje met wat je wel en niet moet doen als je wordt aangevallen door een beer en dat kon ik nu uitbreiden. Eigenlijk waren het twee lijstjes, want het maakt veel uit of er opeens een 'gewone' bruine beer voor je staat of een grizzly.

Black bear / bruine beer: Grizzly:

1. Brilletje mee: bruine beer of grizzly?

2. blijven staan	*2. (langzaam zijwaarts) weglopen*
3. klim niet in boom (beer klimt sneller)	*3. klim in boom (kan grizzly niet)*
4. kijk hem/haar aan	*4. geen oogcontact*
5. schreeuw tegen beer	*5. houd je kop*
6. maak je zo groot mogelijk (steek bijv. een stok boven je hoofd)	*6. maak je zo klein mogelijk*
7. vecht terug: sla hem op zijn kop, bij voorkeur ogen/neus	*7. doe of je dood bent: ga op je buik liggen, spreid je benen en bescherm je nek met je handen.*

Ik schreef er onder Grizzly nog bij:
8. in de herfst: wegwezen
9. plaats aan gangpad accepteren.

3. Groep 8 gedoe

Nadat we een uurtje hadden geschreven aan ons werkstuk, zei de meester: 'Oké, klaar voor vandaag. Denk eraan dat jullie nog maar zeven weken hebben om het af te maken. Ik neem aan dat ik in dit stadium niemand meer achter zijn broek hoef te zitten.'
'Of rokje,' zei Frits.
De meester keek Frits vuil aan.

We zouden die middag met een heel stel naar het zwembad gaan, maar eerst moest ik Keesje uitlaten. Hij was nu bijna een jaar en had iets nieuws bedacht: aan het eind van het uitlaten trok hij een sprintje, terug naar de duinen.
Stond ik voor paal te roepen: 'Keesje, Keesje!'
Kwam hij heel pesterig dichtbij en rende weg zodra ik hem bij zijn nekvel wilde pakken. Ik was al een paar keer woedend op hem geweest.

'Hebben we twee pubers in huis,' zei mijn moeder. Beetje overdreven. Hoezo was ik aan het puberen?

Het laatste halfjaar was behoorlijk saai geweest. Wat was er nu helemaal gebeurd? We wisten allemaal naar welke middelbare school we na de vakantie zouden gaan. Gelukkig ging bijna iedereen naar dezelfde als ik. Alleen Tom, Ingrid en Jasper hadden zich ingeschreven bij een gymnasium, een paar kinderen gingen naar een christelijke school en Jaco en nog twee man waren aangemeld bij het vmbo. Jaco wist al precies wat hij daarna wilde: werken bij zijn vader in de garage.

Dat gedoe met de cito-toets had ik nogal overdreven gevonden, alsof je leven ervan afhing. Sommige meisjes deden hysterisch. Zaten ze met geluksknuffels op schoot de boel in te vullen. Bij Annette stond een of ander versleten konijn op ski's op tafel, Liannes giraffe had een rode kerstmuts op en Marianne droeg drie dagen hetzelfde 'geluks-T-shirt'. Lekker fris!
Marja deed niet mee aan die flauwekul. Zij was nu een goede vriendin van me. Als iemand van het bedrijf van haar vader op het laatst afzegde voor een

voetbalwedstrijd of concert, mocht ik mee. Iedereen vroeg zich af of we met elkaar gingen, maar dat was niet zo. Ik had het helemaal gehad met verkering.

Vorige week was er disco bij Roxanne thuis. Ze was jarig en had de hele klas uitgenodigd. De huiskamer was bijna helemaal ontruimd. Haar ouders hadden alles klaargezet en lieten zich de rest van de avond niet meer zien.
Eerst hingen we met z'n allen aan de kant. De meisjes zagen er heel anders uit dan op school: opgemaakt en met sexy kleren. Ik voelde me een beetje een sufferd, met een gewone spijkerbroek en een blauw T-shirt dat ik gewoonlijk ook aanheb. Maar ik zou niet weten wat ik anders had moeten aantrekken.
Jaco droeg een nieuwe broek met heel veel zakken. Hij had 'm speciaal gekregen voor de disco en ik wist dat hij er heel blij mee was.
Begon Katja opeens te roepen: 'Hé Jaco, ben je soms bij de padvinderij? Handige broek. Kan je je zakmes en vuursteentjes in de zakken stoppen!'
Gingen al die meiden hem staan uitlachen.
Ik werd nijdig en wilde wat zeggen, maar Frits was

me voor. 'Zeg Katja, is jouw truitje soms gekrompen in de was? Je denkt toch niet dat we het fijn vinden om tegen die spekbuik aan te kijken?'
De stemming zat er lekker in: echt een feestje.

Daarna gingen de meiden met elkaar staan dansen. Net als op tv met hun heupen alle kanten op, veel gegiechel en geschud met hun haren van de ene kant naar de andere. Fatima kon haar benen heel goed omhoog gooien. Emily en Renéetje deden de handstand en de radslag.
Wij stonden er sullig bij te kijken tot Gijs een kussen van de vloer pakte, een aanloop nam en op zijn buik naar de andere kant van de kamer zeilde. Al snel deden alle jongens dat, behalve Frits en Ralph. Die dansten mee met de meisjes.
Ik zag hoe Frits Katja beetpakte. 'Dat was maar een grapje, hoor,' zei hij. 'Je ziet er helemaal te gek uit.' Hoe deed Frits dat toch? Alle meisjes kickten op hem. Omdat hij het langst was van iedereen? Ik groeide ook, maar bij veel meisjes kwam ik met mijn kruin niet hoger dan hun kin of neus.

4. Flesje draaien

'We gaan een spelletje doen!' riep Ralph.
Eerst vond ik het een goed idee. Een paar man waren begonnen met het gooien van chips door de kamer.
Ralph pakte twee lege colaflessen en legde ze een stuk van elkaar af op de grond. De jongens moesten in een kring om de ene fles heen gaan staan en de meisjes ernaast om de andere. Nu moesten twee kinderen de flessen een zet geven. Als hij tot stilstand kwam, wees iedere dop naar een jongen en naar een meisje. Het 'paar' moest elkaar tussen de kringen in een zoen geven.

Ik was al snel aan de beurt met Cathelijne. Zij gaf mij een kusje op de wang en ik haar. Best prettig, ze had zachte lippen, voelde ik.
Het ging nog een tijdje door tot Ralph riep: 'Nu op de mond!'

De fles wees een tijdlang niet mijn kant op en dat vond ik allang best. Ik moest weer denken aan Deirdre. Zij had mij ook op mijn mond gezoend. Eerst wist ik niet wat me overkwam en tegen de tijd dat ik het doorhad, was het voorbij. Mijn maag deed raar als ik eraan terug dacht.

Toen ik plotseling weer aan de beurt was, stond ik uitgerekend tegenover Marja.

Nu riep Frits opeens: 'Tongen!'

Marja en ik keken elkaar aan en riepen tegelijkertijd: 'Nee!'

Iedereen bemoeide zich ermee: 'Kinderachtig! Job, je bent een mietje!'

Marja werd rood. Ik gaf haar snel een kusje op de wang en liep terug naar de jongens. Daarna deden een paar kinderen het wel. Ik vond het maar raar om met z'n allen te staan kijken.

Bij Frits brak een heel geloei los.

'Je gaat vreemd!' riepen de meiden. 'We vertellen het aan Bo!'

'Ík ben geen spelbreker,' zei Frits.

Die opmerking was voor mij bedoeld.

'Nu gaan we dansen!' riep Tom.

Ik stond nog te bedenken wat ik moest doen, toen

Emily op me afkwam. Eerst dansten we los, maar al snel werd er iets langzaams opgezet. Haar haren kriebelden tegen mijn wang, maar dat vond ik helemaal niet erg. Ik wist niet dat het zo fijn was om dicht tegen elkaar aan te staan. Zij stopte haar neus in mijn nek en ik die van mij in haar nek. Als ik dat bij Deirdre had gedaan, had ze me een bloedneus bezorgd. Gelukkig waren niet alle meisjes *bitches*.

Het slowen ging vanzelf. Gewoon steeds je gewicht van de ene voet op de andere verplaatsen en tegen elkaar aan hangen. Het had van mij nog uren mogen doorgaan, maar opeens stond mijn vader achter me.
'Wat is het toch heerlijk om jong te zijn!' riep hij. Getver.
Nu zag ik dat Jaco's moeder foto's stond te maken. Belachelijk.
'Ga jij maar vast naar de auto,' zei ik tegen mijn vader. 'Ik kom zo, da-ag!'
'Lekkere muziek,' zei hij.
Ging hij in zijn eentje mee staan bewegen. Nóg erger!
Ik riep snel 'See you!' tegen Emily en rende de gang in. Opeens stonden overal ouders. De vader en moe-

der van Roxanne waren ook tevoorschijn gekomen. Onderweg in de auto begon mijn vader tegen me te bazelen: 'Dus als je ergens over wilt praten – ik begrijp het best van die opspelende hormonen – moet je dat doen.'

Hormonen? Dat ontbrak er nog maar aan: een gesprek met mijn vader over mannendingen!

'Ik ben moe,' zei ik snel.

5. Buurman Kees

Er was natuurlijk niet iedere week disco. Normaal gesproken leken de dagen allemaal op elkaar. Meestal liet ik na school, samen met Kees, de honden uit.

Kees heb ik leren kennen toen hij uit de gevangenis ontsnapte. Hij 'vroeg' – het was meer een bevel – mij op zijn hond Bommel te passen zolang hij vastzat. Daarna werden we vrienden. Eerst woonde hij aan de andere kant van de stad, maar nu was hij buurman geworden in ons rijtje.

Dat kwam zo. Na een feestje bij mij thuis aan het begin van het schooljaar om te vieren dat Frits weer boven water was, stonden Kees en Bommel op de stoep. 'Misschien kan ik helpen met het opruimen van de troep van gisteravond?'
'Wat aardig,' zei mijn moeder, 'maar dat is niet nodig. Als jij en Job de honden uitlaten, zet ik koffie.'

We waren de weg nog niet overgestoken of Kees vroeg: 'Heb jij lekker geslapen?'

'Ja, prima,' zei ik. Dat had hij nog nooit gevraagd.

'Ik niet,' zei Kees. 'Ik moest de hele tijd aan Trees denken en toen ben ik maar opgestaan en heb ik iets voor haar gemaakt. Misschien ga ik het zo dadelijk even brengen.'

De avond ervoor had hij als een gek staan dansen met Trees, de nieuwe buurvrouw van vier huizen verderop.

'Wat dan?' vroeg ik. 'Wat heb je voor haar gemaakt?'

'Dat gaat je niets aan.'

'Ik vertel jou ook altijd alles.'

'Oké, een gedicht,' zei Kees, 'en ik heb er ook iets bij getekend.'

Niet te geloven. Kees is in de veertig!

'Lees eens voor,' zei ik.

'Nee, dat is privé.'

'Dan zeg ik ook nooit meer wat,' zei ik.

'Goed,' zei Kees, 'maar je houdt je kop erover.'

Kees haalde een papiertje uit het borstzakje van zijn overhemd en vouwde het open. Er stonden hartjes om de tekst heen!

Kees schraapte zijn keel.

Ik vond het bijna zielig zoals hij daar stond. Wat er ook kwam, ik moest hem niet uitlachen. Blijkbaar kun je ook nog verliefd worden als je oud bent.

'Voor Trees,

Je haren zo wild
Je ogen als kool
Je danst als de wind
Wat ik voor je voel
Is geen apekool.

Van Kees.'

'Wat vind je ervan?' Kees had net zo'n rode kop als de meester.

'Mooi,' zei ik. 'Ze is er vast heel blij mee.'

Jammer dat ik het aan niemand mocht vertellen. Marja zou erom moeten lachen, maar ze zou het vooral schattig vinden. Tom zou zeggen dat het slecht rijmde en Jaco zou niet snappen hoe Kees op het idee was gekomen een gedicht te schrijven. Van Frits wist ik zeker dat hij het gaaf zou vinden.

Nadat Kees zijn gedicht aan Trees had gegeven, bleek zij nog wat met een andere man te hebben. Maar dat was snel afgelopen.

'Die vent was het er niet mee eens dat Trees hem niet meer wilde zien,' zei Kees, 'dus ben ik even bij hem langsgegaan.'

Ik vroeg maar niet hoe Kees' bezoekje was verlopen. Hij kan nog wel eens driftig worden als iets hem niet bevalt, zo was hij het jaar ervoor ook in de gevangenis beland.

Al snel stond Kees' verhuisauto bijna iedere dag op de parkeerplaats voor onze deur en een paar maanden later trok hij bij Trees in.

Op een avond kwam Kees naar ons toe: 'Ik wil Trees verrassen.'

'Heb je weer wat moois voor haar gemaakt?' vroeg ik.

Kees keek me waarschuwend aan.

'Ik wil haar meenemen naar Parijs, maar daar is het te druk voor Bommel. Mag hij misschien een weekend bij jullie logeren?'

Mijn vader zag zijn kans schoon. 'Prima, waarom ga je geen week naar Parijs of nog even door naar Zuid-Frankrijk? Als wij van de zomer naar Canada gaan, zitten we omhoog met Keesje. Kunnen jullie dan…?'

Ik vond het vreselijk om Keesje een maand lang niet te zien, maar ik begreep ook wel dat het niet handig was hem mee te nemen naar een bos met loslopend wild.

Pas had ik mijn opa aan de telefoon nog gevraagd om een berenverhaal voor mijn werkstuk.

'Een familie was in het bos aan het picknicken toen een beer een stukje verderop in de struiken begon te rommelen. In plaats van direct op te stappen, wilde die vader eerst een foto maken met zijn nieuwe camera. Hij smeerde de vingers van zijn jongste zoontje in met pindakaas en wachtte met zijn fototoestel in de aanslag. Die beer kwam aanhollen en in drie happen was het "einde jongetje"!'

'Dat verzin je!' riep ik, maar opa hield bij hoog en laag vol dat het in de jaren vijftig echt was gebeurd. Nou ja, een halve eeuw geleden, zal wel.

'Goede reclame voor die pindakaas,' zei ik.

6. Bezoekuur

Meestal was Kees al thuis van zijn werk – Kees is verhuizer – als ik uit school kwam. Die middag was het druk op de parkeerplaats voor ons huis vanwege het bezoekuur van de gevangenis. Kees en ik liepen met de honden tussen de auto's door naar de duinen toen er opeens een steen voorbijvloog. Een roodbruine baksteen. Wij zagen met open mond hoe hij tegen de zijkant van Kees' auto knalde, midden in de B van 'Van de Broek Verhuizers.'

'Hé, wat was dat? We hadden hartstikke dood kunnen zijn,' zei Kees.

We keken in de richting vanwaar de steen was gekomen. Vóór de toegangspoort van de gevangenis stonden drie figuren met zwart haar in zwarte kleren.

Kees vlóóg op ze af. 'Wie van jullie heeft die steen gegooid?' Hij stroopte zijn mouwen al op.

Ik deed snel de honden aan de riem en bleef op een paar meter afstand.

Een van de mannen zei wat terug.

'Wat zeg jij?' brulde Kees. 'Praat eens even je moederstaal! *Vroetsgretska*? Houd een ander voor de gek! Wat zeg je? *English*? Job, kom hier.'

Het viel me nog mee dat Kees er niet meteen op los mepte.

Toen ik dichterbij kwam, zag ik een van die kerels een stapel eurobiljetten uit zijn zak halen.

'*Sorry, sorry*,' zei hij tegen Kees.

'Ja, *sorry* versta ik ook nog wel,' zei Kees. 'Job, vraag die lul eens waarom hij die steen tegen mijn auto heeft gekwakt?'

Nu maar hopen dat mijn stem niet oversloeg, het was nogal een stoer gezelschap.

Ze waren alle drie rond de twintig met zware, doorlopende wenkbrauwen. De grootste van hen had een haviksneus.

'*We were pissed off 'cause we weren't allowed to visit our uncle,*' zeiden ze.

'Ze waren nijdig omdat ze niet bij hun oom op bezoek mochten,' zei ik.

'*We came all the way from Russia, but they didn't let us in. We'll make it up to your father.*'

Haha, ze dachten dat Kees mijn vader was.

'Welke oom?' vroeg Kees.

Ik vroeg het.

'Vladimir,' zeiden ze alle drie tegelijk.

Nu pakte Haviksneus een briefje van vijfhonderd euro uit de stapel en gaf het aan Kees. '*Will that be enough to cover the damage?*'

'Of dat genoeg is voor die deuk,' vroeg ik Kees.

Hoeveel geld had die vent wel niet in zijn hand? Ik stond maar te staren naar die briefjes.

'*And thank yóu for your translation,*' zei hij tegen mij en gaf me een biljet van honderd euro. Dat kreeg ik voor het vertalen!

'Nooit snoepjes aannemen van vreemden,' zei mijn moeder altijd, maar dit was geen snoep.

Kees en ik stonden elkaar wat dom aan te kijken toen een zwarte auto stopte.

'*Bye,*' zeiden de Russen. Ze stapten in en weg waren ze.

'Nou moe,' zei Kees.

Ik stond te rillen alsof het koud was, maar het was hartstikke mooi weer.

'Goed dat je er niet meteen op sloeg,' zei ik.

'Ja, ik ben daar helemaal lijp,' zei Kees. 'Mij zien ze niet meer daarbinnen.' Hij keek achtcrom naar de gevangenis. 'Zeker niet nu ik met Treesje ben. Raar stelletje knullen trouwens. Waar halen ze zoveel geld vandaan?'

Tja, dat vroeg ik me ook af. Zijn ze niet juist heel arm in Rusland?

7. Kijk een gegeven euro niet in de bek

'Dat waren dus de neefjes van Vladimir?' Kees keek nog eens naar de gevangenis alsof er iets speciaals te zien was. 'Ik weet nog goed wat voor vervelende vent die Vladimir was. Hartstikke verwend. Een galbak. Hij werd voorgetrokken omdat hij vroeger een of andere hoge pief was. Pure discriminatie!' Kees zwaaide met zijn briefje van vijfhonderd. De kleur ervan zat tussen donkerrood en paars in. Ik had er nooit eerder een gezien.

'Heb ik je wel eens verteld dat wij in de bak allemaal moesten werken om geld te verdienen voor extraatjes zoals sigaretten en koekjes? Ik heb duizenden bladzijden 199 uit de ikea-gids gescheurd.'
'Bladzijde 199?'
'Hadden die oenen er dubbel ingestopt. Moesten wij 'm eruit halen, maar denk je dat Vladimir dat hoefde te doen? Nee hoor, mijnheer zat lekker op

zijn kont in een extra grote cel. Ook dat nog. Jan en ik zaten altijd op hem te schelden.'
Jan was Kees' vriend in de gevangenis. Hij had een Van Gogh uit het museum 'geleend'.
'Wat heeft die Vladimir eigenlijk gedaan?' vroeg ik.
'Hij wilde een groot stuk land van Rusland afpakken en heeft daarbij hele volksstammen om zeep geholpen. Ook niet-Russen!'

Keesje begon aan de riem te trekken. Kees was de honden compleet vergeten, hij keek naar de flap in zijn hand.
'Straks geef ik aan de binnenkant van mijn wagen een tikje op de plaats van die deuk en dan is-ie eruit.'
'Zou het echt zijn?' vroeg ik.
'Hé, daar heb ik helemaal niet aan gedacht,' zei Kees, 'wat ben je toch pienter.'
Ik zei maar niet dat ik kortgeleden een programma over vals geld had gezien.
'We gaan meteen naar de bank,' zei Kees. 'Kunnen ze het nakijken. Daarna zien we wel wat we ermee doen.'

De juffrouw van de bank keek ons nieuwsgierig aan, maar we gingen haar niets aan haar neus hangen. Eerst stopte ze Kees' briefje in een apparaat, een of ander soort bureaulamp met ultraviolet licht. Daarna probeerde ze of ze een scheurtje kon maken in het midden van het biljet. Dat lukte.

'Vals,' zei ze.

'Kijk nog maar eens goed,' zei Kees.

'Nee, het is vals.'

'Als Kwik, Kwek en Kwak 't wagen om terug te komen,' zei Kees terwijl zijn ogen begonnen te rollen, 'en ik krijg ze in mijn handen...'

'Dan denk je eraan dat het zo fijn is om bij Treesje te wonen.'

'Misschien vergeet ik dat dan even,' zei Kees.

'Is er nog iets van uw dienst?' vroeg de mevrouw.

Ik haalde mijn biljet tevoorschijn. Ze hield het tegen het licht.

'Die is goed,' zei ze.

'Weet u het zeker?' vroeg Kees.

Met een zucht voelde ze aan mijn briefje en probeerde de scheurtruc, maar nu mislukte die. 'Prima. Niets mee aan de hand.'

'Mijn vader en moeder vinden het nooit goed als ik

met dat geld aankom,' zei ik toen we weer op straat stonden.

'Nee, ik ken je moeder nu een beetje en je hebt gelijk. Geef het maar aan mij, dan bewaar ik het voor je en kijken we wel. Desnoods geef je het aan het asiel of aan de dierenbescherming.'

Zelf dacht ik meer aan de nieuwste FIFA of een *Need for Speed*. Of nog beter: allebei.'

8. Bejaardenbescherming

Mijn honderd euro naar de dierenbescherming? Ik deed al aan bejaardenbescherming. Die middag moest ik voor het eerst naar ene mevrouw Daalder toe.

Mijn moeder werkt in de bibliotheek en twee dagen geleden was ze met een folder komen aanzetten. 'Hier, lees maar. Dat gaan jij en Keesje doen.'

'Pardon?' zei ik. 'Wel eens gehoord van het recht op vrije meningsvorming?'

'Uiting, bedoel je,' zei mijn moeder, 'meningsuiting.'

'Niet waar. Hebben we vanmorgen op school gehad. Dat weet jij niet, in Canada heet dat anders.'

'Prima. Waar het om gaat is dat iedereen iets voor zijn naaste moet doen. *Back home* is er geen sterveling die dat niet doet.'

Kregen we dat weer. Zelf doet ze allerlei vrijwilligerswerk en daarom moet mijn vader eens per maand een blinde meenemen om samen te gaan vissen.

Ben je blind en wil je vissen? Kun je niet eens naar je dobber in het water staren. Hij voelt het natuurlijk wel als hij beet heeft. Het is trouwens een leuke man, die heel grappig kan vertellen, maar dat mag niet want dan blijven die vissen uit de buurt.

Op de folder van mijn moeder stond met grote letters: AAIPROJECT JONG-OUD.
Ik zou de jonge wel zijn. Moest ik iets ouds aaien? Getver.
Ik las verder. Had de een of ander verzonnen dat kinderen met hun huisdier naar een bejaarde moesten gaan, zodat die hun poes, hond, cavia of kanarie kan aaien. O nee, zag ik, alleen poezen en honden kwamen in aanmerking, en niet álle poezen en honden, maar alleen de beesten die zich rustig konden houden en niet zouden krabben of bijten.

'Daar is Keesje veel te jong voor,' zei ik tegen mijn moeder. 'En als hij groot is, is het ook niets. Keesje is een jachthond en geen schoothondje. Leuk verzonnen, maar het is vast bedoeld voor poedeltjes en chihuahua's.'

'Onzin,' zei mijn moeder. 'Dat staat nergens en Keesje zal zich prima gedragen. Hij heeft niet voor niets zijn gehoorzaamheidsdiploma's gehaald.'

Dat was hem nog goed afgegaan ook. De eerste keer was hij derde geworden van zijn klas en de keer erna zelfs tweede. Hij mocht van de leraar door naar de officiële jachtcursus, maar daar hadden mijn vader en ik geen zin in. Dan zou hij fazanten moeten apporteren en dat vond ik zielig voor die beesten, ook al waren ze dood.

'Ik heb jullie al opgegeven voor het project,' zei mijn moeder. 'Mevrouw Daalder is 95 en ze verwacht je morgenmiddag op de thee met Keesje.'

'Kan niet!' riep ik. 'Ik heb een afspraak.'

'Dan verzet je die.'

'Waarom ga je zelf niet?' vroeg ik.

'Het is bedoeld voor kínderen.'

'Nou, niet voor dit kind,' zei ik en ik stond op van tafel.

'Oké,' zei mijn moeder, 'dan ruilen we. Ga jij iedere dinsdagmiddag voorlezen in het ziekenhuis. Dat is van drie tot half zes.'

Bij die mevrouw Daalder kon ik er na een kwartiertje weer tussenuit knijpen.

'Ik zal één keer gaan,' zei ik.

40

Het bejaardentehuis was vlakbij.

'Ga gewoon gezellig met haar kletsen,' zei mijn moeder. 'Vertel wat over school, dat vinden oude mensen altijd interessant omdat er zoveel is veranderd. En als zij over vroeger wil vertellen, luister je. Dat kan heel leerzaam zijn.'

Ik verwachtte dat ik snel weer thuis zou zijn om leerzaam achter de computer te kruipen.

Achter de balie van het tehuis zat een meisje dat niet begreep wat ik kwam doen.

'Ik ben van het 'aaiproject'.

'Wat zeg je?'

Moest ik het nog een keer zeggen: 'Van het aaiproject.' Braak.

Toen riep ze er een mevrouw bij die er wel van had gehoord.

'Goed hoor dat je meedoet! Ik breng je even naar mevrouw Daalder. Ken je haar? Het is een stevige tante die ze meestal nog goed op een rijtje heeft.'

'Meestal?' vroeg ik terwijl we door lange gangen liepen.

'Ja, wat dacht je dan als je 96 bent?'

'95.'

'Gisteren was ze jarig. Misschien heeft ze nog een stukje taart voor je.'

De mevrouw klopte op de deur.

'Hier is bezoek voor u. Een jongen – hoe heet je? – Job, met zijn hond.'

In de hoek zat een vrouw met weinig haar. Met een stok wees ze naar Keesje: 'Ach, wat een troel!'

'Dat is Keesje,' zei ik.

Waar zou ik gaan zitten? Het kamertje stond propvol meubels en er hingen veel schilderijtjes aan de muur. Ik wilde me in de stoel tegenover haar laten vallen toen ze zei: 'Geef 'm maar hier. Da-ag!'

Met haar stok haalde ze de riem met Keesje eraan naar zich toe.

'Míjn hond,' zei ik.

'Dacht je dat ik dat niet wist? Straks krijg je hem weer terug. Nou, da-ag.'

'Ik blijf bij Keesje,' zei ik.

'Kssjt, maak dat je wegkomt,' zei ze. 'Ik ga jou toch niet aaien.'

'Nee, liever niet. Dan neem ik hem weer mee.'

Had ik weer. Als mijn moeder nog eens wat wist.

'Nou, dan moet het maar, want ik ben gek op honden. Vroeger had ik er altijd een, maar dat mag niet in dit stomme huis.'

Keesje ging tegen haar been aan zitten en ze begon hem onmiddellijk te aaien.

'In de ijskast staat limonade en in de koektrommel vind je chocola. En kun je mij misschien een borreltje inschenken? De spullen staan op het dressoir.'

Ik begreep er niets van. Nu deed ze opeens hartstikke aardig.

Keesje vond het prachtig. Hij kan nooit te veel aandacht krijgen.

'Vertel eens wat meer over jezelf,' zei ze terwijl ze hem over zijn kop en achter zijn oren bleef strelen.

Ik babbelde over voetbal, school en onze eindmusical. Ze luisterde alsof ze het allemaal heel interessant vond. Na een tijdje vroeg ik: 'Zal ik Keesje bij u op schoot zetten?'

'Wil hij dat?'

'Ja hoor, want thuis mag dat niet.'

Keesje kroop meteen tegen haar aan. Mevrouw Daalders kraaloogjes stráálden.

'Volgens mij krijgen wij het heel gezellig met z'n drietjes,' zei ze.

Beetje overdreven misschien, maar het had erger gekund.

9. Het staat voor de klas, maar is er niet

De volgende dag na de middagpauze zat de hele klas weer op zijn stoel, behalve de meester. Dat was nooit eerder voorgekomen. We renden allemaal rond tot Frits plaatsnam achter meesters tafeltje.

'Omdat de meester belangrijker zaken aan zijn hoofd heeft, neem ik het over. Wat dachten jullie van een lesje biologie?' Frits tekende een vrouw met heel grote borsten op het bord.

Ja hoor, de meiden bleven er bijna in.

'Waar zullen we eens beginnen?' zei hij. Toen verscheen het hoofd van mijnheer Bakker, de directeur, voor het raampje. Even later stapte hij binnen.

'Ik kom op de herrie af.' Mijnheer Bakker keek rond. 'Waar is de meester?'

'Als u niet weet waar uw personeel zich ophoudt, wie zijn wij dan om het wel te weten?' vroeg Tom. Hij kan er niet tegen als dingen anders lopen en dan gaat hij van de zenuwen deftig praten.

'Tja,' zei mijnheer Bakker, 'daar heb je een punt, Tom.'

Dat zou hij een jaar geleden nooit gezegd hebben. We werden nu voor vol aangezien omdat we bijna van school af waren. Wel *chill.*

'Probleem is dat ik niet op twee plaatsen tegelijk kan zijn. Juf Mineke is er ook niet.'

Nu barstte de hele klas in gejoel uit. Frits had het aan iedereen verteld.

'Pardon?' zei mijnheer Bakker. 'Echt iets voor groep acht om zo te reageren. Die hormonen willen wat.'

Ja hoor, eerst mijn vader met zijn hormonen en nu mijnheer Bakker.

'Ook hier ligt wellicht een punt van aandacht voor u,' zei Tom.

Meneer Bakker keek eens goed naar Tom, want die zegt nooit iets wat nergens op slaat.

'Hoe dan ook, ik ga naar juffrouw Minekes klas. Jullie hebben vast wel wat te doen.'

'Zeker,' zei Frits. 'Laat u dat maar aan ons over.'

Nu viel mijnheer Bakkers blik op het bord.

'Frits, doe me een lol en haal die vrolijke tekening even weg.'

'Komt voor de bakker, mijnheer Bakker,' zei Frits.

'Hoe vaak denk je dat ik die heb gehoord?' vroeg

mijnheer Bakker en hij sloeg de deur achter zich dicht.

'Goed,' zei Frits en hij veegde het bord schoon. 'Gaan we wat anders doen. Laten we een lijst maken. Waarom denken wij dat de meester en juf Mineke er nog niet zijn? Roept u maar, ik noteer.'

'Spullen kopen voor de musical!' riep Annette.

'Flesje draaien met z'n tweeën,' riep Jaco.

Na vijf minuten stond er op het bord:
- inkopen musical
- zoenen, seks
- trouwen
- lekke band fiets, autopech
- samen eten
- zwemmen
- horloges kapot
- geen zin meer in die rotkinderen
- in slaap gevallen
- spelen tikkertje, verstoppertje
- konijn van Mineke is ziek, samen naar dierenarts
- weggelopen van school
- zitten vast in een lift
- vullen samen sudoku in
- vissen

Tom dacht dat het toeval kon zijn dat ze er alle twee niet waren.

Op het moment dat niemand meer wat wist, kwam de meester binnen.

Frits gaf hem het krijtje. 'Alstublieft meester, het is multiple choice. Leest u alles vooral goed voordat u het juiste antwoord aankruist.'

Dat had de meester de hele tijd tegen ons gezegd bij de Cito.

Hij zag er nogal verwaaid uit en hij had een rood hoofd.

De meester las, met zijn rug naar ons toe, wat er op het bord stond. Daarna draaide hij zich om. 'Ik kan jullie zeggen dat niet alles klopt.'

Frits stond nog steeds naast de meester. Ze waren bijna even lang.

'Wij zijn benieuwd,' zei Frits.

Iedereen was om de een of andere reden doodstil.

'Misschien kun jij weer gaan zitten?' vroeg de meester.

'Zeker,' zei Frits. 'En mocht u me nog eens nodig hebben als u wat anders te doen heeft, dan weet u me te vinden. Vandaag was het gratis en voor niets, maar daar maak ik natuurlijk geen gewoonte van.'

Even zag het ernaar uit dat de meester Frits een lel wilde geven, maar hij liep door naar zijn stoel.

'Wat jullie hebben gedaan heet *brainstormen*. Kennen jullie die term?'

'Hoe goed hebben wij gebrainstormd?' vroeg Frits onmiddellijk.

'Niet onverdienstelijk,' zei de meester.

Wat een ijskonijn. Rommelen met juf Mineke en ons een beetje afbluffen met zijn *brainstormen*. Een heleboel kinderen waren vreselijk geïnteresseerd in hoe het zat, maar ik niet.

'En eh… sorry dat ik te laat was. Fijn dat jullie jezelf zo goed hebben beziggehouden.'

Iedereen keek naar Frits, maar die zweeg.

Waarom was ik niet zo snel als Frits? Ik bedacht altijd het leukste van het leukste op het moment dat het nergens meer op sloeg.

10. Musical dwerg

Na de Cito waren we begonnen met voorbereiden
van de musical. Inmiddels waren we zo fanatiek
dat het wel leek alsof we op de toneelschool zaten.
Het stuk heette: 'Sneeuwwitje en de 58 dwergen.'
Die dwergen waren alle kinderen van de parallelklas en onze klas. En Sneeuwwitje was, jawel hoor,
niemand minder dan Deirdre.
Mijn moeder had gezegd: 'Ik snap niet hoe ze een
kind dat al zo naast haar schoenen loopt, ook nog
eens die rol kunnen geven.'
Als ze mij om advies hadden gevraagd, had ik
Deirdre ook niet naar voren geschoven. Maar dat
waren ze vergeten.

Hoe het kon weet ik niet, maar Deirdre en ik hadden het afgelopen halfjaar nul oogcontact gehad.
We waren alle twee evenveel gegroeid. Dat bete-
kende dat als we recht voor ons uitkeken, mijn blik

nog steeds ergens aan haar oorbellen bleef hangen en zij over me heen keek alsof ik er helemaal niet stond.

Natuurlijk had zij weer verkering. Deze keer niet met iemand uit onze klas of die van haar, maar met een jongen van de middelbare school. Soms wachtte hij 's middags op haar. Rende zij, op haar hakjes, naar hem toe.

'Ze vergeet kind te zijn!' riep mijn moeder toen ze het hoorde.

Goed, Deirdre was dus Sneeuwwitje en ik een eenvoudige dwerg. Dat moest dan mijn afscheid van de basisschool voorstellen. Om nooit te vergeten, dat wist ik nu al. Op tv lijden mensen aan allerlei trauma's:
relatietrauma, abortustrauma,
discriminatietrauma, iemanddoodtrauma,
ongelukkentrauma, anorexiatrauma,
scheidingstrauma, mishandelingstrauma,
drugstrauma, gepestwordentrauma,
alcoholtrauma, chantagetrauma.
Ik zou voor de rest van mijn leven rondlopen met het Deirdredwergtrauma.

De musical gaat over Sneeuwwitje die een lange reis maakt. Zes jaar op rij moet ze opdrachten vervullen om te worden gekozen tot zangeres bij een wereldberoemde popgroep. De dwergen zijn opgedeeld in zes groepen. Drie ervan helpen Sneeuwwitje en de andere drie werken tegen.

Marja, Frits en ik zaten bij de hindernisdwergen. Frits moest, samen met een stel andere kinderen die ook goed kunnen zingen, de longen uit zijn lijf schreeuwen bij 'De Concurrenten'. Tom was een van 'De Stuudjes,' die proberen Deirdre aan haar verstand te peuteren dat ze beter eerst haar school kan afmaken voordat ze begint aan een zangcarrière. Marja en ik zaten bij 'De Roddelpers'.

Aan de helpende kant had je 'De Fanclubdwergen', 'BN-dwergen' en 'De Prins op het Witte Paard dwergen'.

Sommige kinderen, onder wie Jaco, moesten met z'n tweeën onder een laken voor paard doorgaan. Ook een lekkere rol: het publiek zag alleen je schoenen.

De meester had eerst nog gevraagd of ik André Hazes wilde spelen, dat had ik eerder gedaan bij de Playbackshow. Samen in een optreden met Deirdre: ik zou de geest van André spelen die Deirdre vanuit de hemel talent instraalde.

Mooi niet dus.

Er was een heel gedoe wie De Prins mocht zijn die haar wakker kust voordat ze wordt toegelaten tot de popgroep. Uiteindelijk werd Ralph het omdat Deirdre dat wilde.

'Ik ga niet zomaar met iedereen zoenen!' riep ze.

Moet jij zeggen, dacht ik. Dat had ze al met Frits gedaan, met mij, ze had het met Tom wíllen doen en nu deed ze het natuurlijk met die knakker van de middelbare school. En dan wist ik niet eens naar welke disco's ze ging en wat ze daar uitspookte.

Was het raar dat ik na een half jaar nog zo pissig op haar was? Ik mocht wel oppassen, anders liep ik in het bejaardenhuis nog over haar te mummelen.

Gelukkig waren de repetities steeds alleen met de eigen groep dwergen en had ik niets met Deirdre te maken. Dat zou pas bij de generale het geval zijn. Mijn dwergengroep was toevallig de leukste. We mochten zelf verzinnen hoe we, als Roddelpers, Deirdre het leven zuur konden maken. Marja bracht de *Story*, *Privé* en *Weekend* mee als voorbeeld. In die bladen kon je zien dat een heleboel foto's stiekem waren genomen, want de meeste waren knap onscherp en die lui hebben toch goede apparatuur.

Wij maakten een lijst hoe we Deirdre konden tegenwerken:

1. *Een foto van haar maken als ze onopgemaakt, in een oude joggingbroek, zeulend met een zware boodschappentas, de Aldi uitkomt.*
2. *Idem als ze pukkels uitknijpt op een openbare wc. Pats, flatsj!*
3. *Een montagefoto verspreiden waarop ze met haar duim in haar mond de Okki leest.*
4. *Roddel de wereld in helpen dat ze anorexia heeft: slecht voorbeeld voor meisjes.*
5. *Iets in haar zak stoppen en haar laten aanhouden door de politie.*
6. *Heel veel lege flessen jenever voor haar deur zetten en dat filmen.*
7. *Beweren dat ze een verhouding heeft met de platenproducer.*
8. *Schrijven dat ze niet zelf zingt maar playbackt.*
9. *Publiceren dat ze neptieten heeft (van plastische chirurgie).*
10. *Haar interviewen op een tochtige plek zodat er*

kou op haar stem slaat en ze niet meer kan zin-
gen.

Raar eigenlijk. Zo ben je verliefd en zo zit je allerlei rottigheid te verzinnen.

11. Keesje! Keesje?

Het duurde nog precies vier weken tot de vakantie en het was de hele tijd mooi weer.

Omdat mijn moeder die middag werkte, moest ik eerst Keesje uitlaten voordat ik naar het zwembad kon. Er komt geen kip naar de bibliotheek als het warm is, maar zij moet er wel zijn.

Keesje was door het dolle heen toen hij mij zag.

Als ik wil, kan ik hem laten 'praten'. Ga ik tegen hem zeggen dat hij zielig is en dan huilt hij mee.

Ik stond al buiten toen ik bedacht dat mijn mobiel nog boven lag. Op school mogen we hem niet bij ons hebben omdat we dan de hele dag naar elkaar gaan zitten sms'en.

Ik zei 'Blijf' tegen Keesje, ging weer naar binnen en rende de trap op naar mijn kamer. Naast mijn bed lag hij niet en op mijn bureau ook niet. Moest ik naar beneden om mezelf te bellen met de gewone telefoon zodat ik kon horen waar hij was: op mijn stoel, onder een handdoek...

Toen ik weer buiten kwam, zat Keesje niet meer op de stoep. Hij liep ook niet rond te scharrelen in een van de voortuintjes (wat hij niet mag). Keesje was nergens te zien. Ik voelde hoe mijn keel werd dichtgeknepen. 'Keesje! Keesje!' Vóór ons huis loopt een heel drukke weg. Hij kon zomaar onder een auto lopen. Hoe had ik hem alleen achter kunnen laten? Hij was volop aan het puberen. Ik durfde bijna niet naar de weg te lopen. Stel dat Keesje was aangereden of, nog erger, was overreden. Ik begon bijna te huilen. 'Keesje! Keesje!' Wat moest ik doen? Hij zou toch niet zelf naar de duinen zijn vertrokken? Dan moest hij over een weg die links van ons huis loopt en die nóg drukker is. Zeker in de zomer wanneer iedereen naar het strand gaat. 'Keesje! Keesje!' Zou ik mijn fiets pakken om sneller te kunnen zoeken? Kees halen, ieder een kant op? Maar Kees' auto stond er niet. Trees vragen me te helpen?

'Hij is aan de overkant!' Het was de mevrouw van

Woudientje, het pekineesje. Normaal gesproken vond ik het vreselijk om die zeur tegen het lijf te lopen, maar nu kon ik haar wel zoenen.

'Waar, waar?'

'Ik dacht nog: waarom is Keesje alleen op stap? Die jongen zal hem toch niet vergeten zijn. Dat zie je vaak bij kinderen. In het begin zorgen ze goed voor hun hond, maar…'

'Waar is-ie?' schreeuwde ik.

'Ik houd Woudientje altijd aan de riem. Het zijn toch beesten, moet je denken. Ze blijven onberekenbaar, ook al…'

'Mevrouw, wáár heeft u Keesje gezien?' Nog even en ik zou haar slaan.

'Ja, ik weet niet of hij er nog steeds is, maar hij liep bij dat huis dat leegstaat.'

Ik rénde al weg.

Schuin aan de overkant was een tijdje geleden een huis verkocht. De oudere mevrouw die er woonde had aan mijn moeder verteld dat ze een bod had gekregen dat ze niet kon weigeren. Dat gebeurt vaker bij die huizen. Ze hebben een puntdak en staan vrij. Dat heb je verder nergens in de stad. Die mevrouw was maar vast naar het bejaardentehuis ver-

trokken. Hoefde ze niet meer te verhuizen totdat ze doodging. Lekker makkelijk.

Keesje was niet in de voortuin van het huis. Ik stoof naar de achterkant en ja hoor, daar stond mijnheer: te graven in een enorme berg zand. Die nieuwe mensen waren aan het verbouwen, iedere dag werden er spullen aangevoerd. Nu hoefde ik helemaal niet meer te huilen. Rázend was ik. 'Klein snerthondje!' Keesje keek me expres niet aan. Ik pakte zijn kop beet, maar hij draaide zijn ogen de andere kant op. Hij wist wel dat hij fout zat. 'Denk jij dat je zomaar alleen de hort op kan? Foei!' Ik zette mijn zwaarste stem op. 'En nu, vólg!' Ik wees met mijn linkerwijsvinger naast me op de grond en hij liep poeslief mee.

Kijk, misschien was ik ook aan het puberen, maar ik liep niet weg om ergens te gaan graven. Lekkere muziek klonk er trouwens uit het huis. Hé, ik dacht dat er niemand was. Kon ik me beter uit de voeten maken in plaats van in hun achtertuin rond te lopen. Keiharde muziek van U2. Door het keukenraam zag ik een paar lege flessen op het aanrecht staan, maar verder was er niets te zien. De hele huiskamer was leeg. Niet eens een stoel of zo.

Alle ramen zaten potdicht, op het bovenste keukenraampje na. Waren die mensen zeker vergeten de radio uit te zetten. Het was trouwens een cd hoorde ik, want nu was er een volgend nummer. Nou ja, lekker boeiend.

Al met al kwam ik pas laat aan in het zwembad. Tom, Jaco en ik gingen niet bij elkaar zitten, ieder was bij zijn eigen dwerggroep. Idioot eigenlijk, maar wel leuk. Ik ging opeens met allemaal andere kinderen om.

Intussen keek ik Frits zijn versierkunsten af. Misschien was het niet meer aan met Bo, want hij ging achter Ingrid op haar handdoek zitten, streek met een vinger over haar ruggengraat en zei: 'Wat heb jij een mooie rug!'

Hoe kwam hij erop? Al werd ik honderd, dan zou ik dat nog niet verzinnen.

12. Queen Annie

Toen ik mevrouw Daalder vertelde over de musical, zei ze: 'Gezellig, kom ik ook. Vroeger ging ik altijd naar de schouwburg.'
'Iedereen krijgt maar vier kaartjes!' zei ik.
'Eén is genoeg, hoor,' zei ze.
Ik was nu aan haar gewend. Meestal leek ze normaal, maar af en toe deed ze vreemd. Een keer zei ze opeens: 'Dat meisje heeft mijn mutsje op.'
Was er geen meisje te zien, laat staan een mutsje.
'Welk meisje?' vroeg ik.
'Wat is er met een meisje?'
'Een meisje met een mutsje,' zei ik in het begin nog.
'Je slaat wartaal uit.'
'Dat is het begin van dementie,' zei mijn moeder. 'Doe maar of je niets merkt.'

Ik schonk net een borreltje voor haar in – tot het

witte streepje op het glaasje – toen de deur openvloog.

'Tataaaa! Hoe vind je mijn nieuwe jurk?' In de deuropening stond een oude, maar lang niet zó oude mevrouw als mevrouw Daalder. Hé, ik kende haar. Zij mij ook.

'Jij bent dat jongetje van de overkant met dat hondje. Ach, daar is-ie. Ik kon altijd zo gezellig met je moeder kletsen als zij hem uitliet. Wat is hij groot geworden.' Ze liep wiebelend op Keesje af. Wat zag ze er raar uit. Alsof ze ging trouwen. Een kroontje op haar hoofd met glitters, een lange glimmende witte jurk en gouden schoenen met naaldhakken. De hals van de jurk was heel diep. Je zag hoe ze had geprobeerd haar borsten erin te proppen, maar dat was mislukt. Niets voor mijn hormonen.

Getver, nu begon ik er zelf ook al over.

'Wat moet je daar nu weer mee, Annie?' vroeg mevrouw Daalder. 'Je ziet er bespottelijk uit.'

'Dementerende mensen zijn heel eerlijk,' had mijn moeder gezegd.

Annies gezicht betrok even. 'Ik dacht: dat is leuk voor het kerstdiner hier in huis of bij het oudejaarsbal.'

Mevrouw Daalder tikte tegen haar voorhoofd. 'Diner? Bal? Je mag blij zijn als je een oliebol krijgt.'
'Nou ja,' zei Annie terwijl ze over haar rok streek. 'Ik vond 'm mooi en wat ik mooi vind, koop ik. Het enige probleem is waar ik het allemaal laat. Ik heb de directie gevraagd om een kleedkamer, maar ik heb nog niets gehoord.'
Nu keek ze mij aan: 'Zo, en hoe is het met mijn oude huis?'
'Ze zijn volop aan het verbouwen,' zei ik.
'Wordt het een paleisje?' vroeg Annie. 'Hihi, dan moet ik weer terug. Vind je ook niet dat ik eruitzie als een prinses?'
'Meer als de koningin,' zei ik vlug.
Daar zat ik dan op een bloedhete dag met twee rare oude wijven én het probleem hoe ik aan een extra kaartje voor de musical moest komen. Mijn vader, moeder, Kees en Trees gingen al mee.
'Als jullie het niet erg vinden ga ik nu naar het zwembad,' zei ik.

13. Herrie aan de overkant

Gelukkig bood Frits me meteen een kaartje aan. 'Mijn vader, zijn vriendin en mijn oma gaan mee,' zei hij. 'En eigenlijk onze buurvrouw ook nog, maar nu dus niet meer.'

'Is dat niet zielig voor die buurvrouw?' vroeg ik.

'Helemaal niet,' zei hij. 'Als je 96 bent, dát is pas zielig. Kun je niet zomaar een mooi meisje oppakken en in het water smijten.'

Van het ene moment op het andere tilde hij Susanne op en rende met haar naar het zwembad.

Susanne gilde de hele boel bij elkaar – 'Frits, zet me neer! Nu! Rotzak!' – maar je kon zo horen dat ze dat juist niet wilde.

Zou ik ook iemand pakken en in het water gooien? Wie dan? Emily? Die vond het fijn om met me te slowen, maar zou ze het ook leuk vinden als ik opeens aan haar begon te sjorren? Of Marja?

Verderop zat Marja bij onze dwergengroep.

Ze keek naar me en riep: 'Kom je, Job? Je bent al zo laat!'

Toen ik thuiskwam, was mijn vader bezig de barbecue aan te maken en zaten Trees en Kees er ook.
'Pokkenbeesten!' riep Kees. Hij sloeg met de vliegenmepper naar een wesp.
'Laten Kees en jij de honden even uit voordat we beginnen?' vroeg mijn moeder.
'Jij hebt nog steeds mijn honderd euro, hè?' zei ik toen we wegliepen. 'Ik weet heel veel dingen om ermee te doen, hoor.'
'Dat briefje loopt niet weg,' zei Kees. 'Als je wilt, kun je trouwens nog meer verdienen.'
'O?'
'Ik denk aan een verbouwinkje. Vóór de winter wil ik een open haard maken bij Treesje.' Hij keek dromerig voor zich uit alsof hij al in een knapperend vuurtje staarde. 'Jij kunt helpen met spullen aangeven en zo. Krijg je vijf euro per uur.'
'Prima,' zei ik. Nog meer geld voor computerspelletjes.
'Ik ga er een muur uit slopen,' zei Kees. 'Nu wil Trees alleen dat ik door een deskundige laat checken of het geen dragende muur is. Ze is bang dat

het huis instort. Een deskundige! Iedere boeren-
pummel kan zien dat het geen dragende muur is.
Maar, zij haar zin. Wat we trouwens kunnen doen:
we lopen nú naar de overkant, ik vraag aan een van
die bouwvakkers of hij even meegaat en dan kan
die het meteen zeggen. Breng ik morgen een kratje
bier naar die lui en klaar is Kees.'
'Klaar is Kees,' zei ik. 'Haha.'
'Wat ben jij schijtlollig,' zei Kees.
Kees belde aan, maar er werd niet opengedaan.
Geen wonder, de muziek stond weer keihard.
'Dan lopen we toch naar achteren,' zei ik.
Kees haalde zijn schouders op. Naast het huis stond
een pick-up vol zand.
'Misschien kan ik een emmertje lenen.'
Omdat het raam van de keuken was dichtgeplakt
met kranten, konden we niet naar binnen kijken.
Kees klopte op de keukendeur. 'Volk!'
Geen reactie.
'Wat een kolereherrie.'
Kees trok aan de deur, maar die zat op slot. Het
raampje erboven stond wel weer open, maar daar
hadden we niets aan.
Ik keek nog eens in de huiskamer. Er stond nog
steeds niets in.

'Toen Keesje laatst was weggelopen, zag alles er precies hetzelfde uit,' zei ik. 'Alleen zat er toen niets op het raam.'

Kees keek naar de kranten.

'Pools,' mopperde hij. 'Die Polen proberen overal ons werk af te pakken, bij het verhuizen ook al. Werken zwaar onder de prijs. Nou ja, ik probeer het morgen wel weer.'

'Polen zijn ook Europeanen, hoor,' zei ik.

Kees snoof, maar hield zijn mond.

Nadat we de honden hadden uitgelaten viel er, toen we de weg overstaken, een kwak zand voor mijn voeten. Bijna was het op Keesje gevallen. Het kwam uit de laadbak van een auto. Kees liep verderop met Bommel.

'Uitkijken!' riep ik.

De bestuurder stak zijn hoofd uit het raam.

Zag ik dat goed?

'Kees!' riep ik. 'Weet je wie daar in die pick-up zit?'

'Huh?'

'Háviksneus!'

'Wie?'

'Die Rus, een van de drie neven.'

'Weet je het zeker?'

'Absoluut!'

We stonden voor ons huis.

'Volgens mij is er aan de overkant iets vreemds aan de hand,' zei ik tegen Kees. 'Zeg er maar niets over vanavond.'

14. Operatie atelier

De volgende dag wist ik niet hoe ik op school de dag door moest komen.

'Wat ben jij onrustig, Job,' zei de meester, 'maar goed dat het bijna weekend is.'

Frits had 'm voor het inkoppen met dat 'onrustig' – 'Daar heeft u zelf gelukkig geen last van, hè meester' – maar hij liet het zitten.

Katja had de meester en juf Mineke op het strand zien lopen. 'Ze liepen onwijs moeilijk te praten.'

Juf Mineke was overgeplaatst naar de dependance, vanwege een zwangerschapsverlof of zo. Nou ja, ze zochten het maar lekker uit. Wat er bij ons aan de overkant gebeurde vond ik een stuk interessanter.

's Morgens in bed had ik een lijstje gemaakt en bij me gestoken voor het geval me nog meer te binnen zou schieten.

OVERKANT VERDACHT:

1. *Annie heeft zoveel geld gekregen voor haar huis dat ze van gekkigheid niet weet wat ze ermee moet doen. Waarom zo'n groot bedrag?*
2. *Bij bloedheet weer zijn alle ramen en deuren op slot.*
3. *Huiskamer is niet veranderd in twee weken.*
4. *Wat doet Haviksneus daar?*
5. *Zijn er Polen?*

➤ NIET PLUIS ➤ HOE ZIT HET MET VER-BOUWING? ➤ INDIEN GEEN VERBOU-WING ➤ WAT WÉL?

1. *Maken nog meer (vals) geld* ➤ *gelddrukkerij (gespecialiseerd in briefjes van 500)*
2. *Ramen dicht* ➤ *tropische temperatuur* ➤ *wietplantage*
3. *Hele huis vol Polen en Russen* ➤ *uitzendbureau*
4. *Hebben gehoord dat er kostbare spullen liggen onder de grond* ➤ *schatgraverij*
5. *Russen maken elkaar af* ➤ *lijken in tuin* ➤ *begraafplaats*

Hoe dan ook, na school moest ik zo snel mogelijk naar Kees. Die had in de tussentijd vast ook nagedacht. Gelukkig stond zijn auto voor de deur.

Trees en hij zaten in de tuin. Aan de andere kant van de muur hoorde je gevangenen op de binnenplaats voetballen.

'Ik wil je even spreken,' zei ik tegen Kees. 'Privé.'

'Over die Polen aan de overkant? Dat weet Trees al. Wij hebben geen geheimen voor elkaar, hè meisje?'

Meisje, ja hoor.

'We hadden afgesproken…,' zei ik.

'Niks afspraak. Jij zei dat ik mijn kop moest houden.'

'Ik haal even wat te drinken,' zei Trees, 'dan kunnen jullie samen praten.'

Dat Kees dat niet begreep. Hoe minder mensen erbij betrokken waren, hoe beter. Ik ging het toch ook niet op school rondvertellen. Maar nu Trees ervan wist, sloeg het nergens op haar erbuiten te houden.

'Dan kun je net zo goed meedoen,' zei ik.

Ik haalde mijn lijstje tevoorschijn en las alles voor.

'Jakkes,' zei Trees. 'Lijken in de tuin met deze hitte. Daar komen wormen op af.'

'En wespen,' zei Kees.

'Wat ook zou kunnen,' zei Trees, 'is dat het een

74

bordeel is. Weet je wat dat is, Job?'
'Tuurlijk,' zei ik.
Samen met Jaco en Tom was ik een keer door een straat gefietst met halfblote vrouwen en meisjes achter de ramen. Er zaten heel mooie tussen. 'Dat lees je vaak,' zei Trees. Lokken ze die meisjes uit Oostbloklanden hiernaartoe met het verhaal dat ze een baantje krijgen in een restaurant of winkel en dan worden ze in een bordeel gezet.'

Ik schreef onder aan mijn lijst:

6. *Oostblokmeisjes niet in dienst bij McDonald's/ Hema* ➤ *bordeel*

Kees keek me aan. 'Ik wil niet vervelend doen, knul, maar weet jij zéker dat je die vent hebt herkend?'
'Honderd procent!' riep ik, 'wat zeg ik...'
'Rustig maar,' zei Kees. 'Het kwam even bij me op... misschien dácht je alleen...'
'Waarom nemen we geen poolshoogte op een moment dat er niemand is?' vroeg ik.
Het was duidelijk dat ik de leiding moest nemen.
Trees pakte mijn schema van de tuintafel. 'Weet je wat mij opvalt?'

'Nou, speurneusje?' zei Kees terwijl hij over haar arm streek.

Getver.

'Dat we nog zo weinig weten terwijl we recht tegenover dat huis wonen.'

Ik liep de voorkamer in. Vanuit Trees' huis keek je – over de parkeerplaats, twee fietspaden en een weg heen – recht op het huis.

'Boven kun je het nog beter zien,' zei Trees.

We liepen met z'n drieën de trap op. Boven de huiskamer lag Trees' atelier met strengen wol in allerlei kleuren, een breimachine en vesten en truien in rekken.

'Van hieruit heb je prima uitzicht,' zei Trees. 'Misschien moeten we eerst eens een tijdje kijken wat er gebeurt.'

'Vierentwintig uur,' zei ik. 'Ik maak een observatieschema voor precies één etmaal.' Ik leek Tom wel.

'Goed hoor,' zei Kees. 'Je doet maar.'

'Het gaat nú in!' riep ik. 'Ik begin. Heb je pen en papier, Trees? We schrijven alles op wat verdacht is en morgenmiddag,' – ik keek op mijn horloge – 'om 15.41 trekken we onze conclusies.'

Trees en Kees verdwenen meteen naar beneden.

Na tien minuten staren naar de overkant bedacht ik dat ik nog niet eens thuis was geweest. Mijn moeder wist niet waar ik uithing en Keesje moest uit. Ik ging naar beneden.

'Pardon, het schema gaat pas om vijf uur in. Als jullie me uitnodigen voor het eten, doe ik de *shift* (had ik eens op tv gehoord) van vijf tot negen uur, Trees die van negen tot één vanavond, Kees van één tot vijf vannacht, Trees van vijf tot negen morgenochtend, ik van negen tot één en Kees van één tot vijf morgenmiddag.'

'Als je klaar bent met school, mag je bij mij op de zaak op de afdeling Planning komen werken,' zei Kees. 'Maar als ik het goed begrijp, zie ik mijn Treesje vannacht niet?'

'Ga je naast haar zitten,' zei ik.

'Ach, er komen nog zoveel nachten,' zei Trees terwijl ze Kees lief aankeek.

Lekker team had ik.

77

15. Wacht 1

Om vijf uur precies zat ik op mijn post. Op zes vellen had ik een indeling gemaakt:

WACHT NR.: …

Observatie/: wat gebeurt er	Tijdstip van:	tot:	verdacht (ja/nee):
…	…	…	…

Wel jammer dat ik niet naar het zwembad kon. Een paar van mijn dwergen had al ge-sms't waar ik bleef.

'Moet thuis wat doen, *see you,*' schreef ik terug.

Het enige wat bewoog tussen Trees' kamer en de overkant, waren een paar blaadjes aan een boom. Al snel werden mijn oogleden zwaar. Ik schoot overeind toen Kees me op mijn schouders sloeg en een glas cola naast me neerzette.

'Sherlock Holmes, wakker blijven!'
Nee hè, het was pas half zes.
'Ik zal de radio aanzetten,' zei Kees.
'Kijk!' riep ik, 'een object aan de overkant!'
'Bedoel je die jongen met die reclamekrantjes?' vroeg Kees.
'Zo ziet het eruit,' zei ik, 'maar je weet nooit of iets is wat het lijkt. Ik noteer het.'
'Goed hoor, knul. Trees brengt je zo eten.'
Om zes uur stopte een pizzabezorger aan de overkant. Ik hield mijn adem in toen hij aanbelde. De deur ging open! Ik kon niet zien wie de pizza aannam, wel dat het allemaal heel snel ging. Roets-roets en weg was die jongen weer op zijn brommer. Eigenlijk zouden wij de koerier moeten volgen en hem uithoren. Hoeveel pizza's waren er besteld, hoe vaak gebeurde dat, nam Haviksneus ze aan, kreeg die jongen fooi (echt of vals?), was er iets te zien áchter de verdachte, in welke taal werden de pizza's besteld?
Een gemiste kans, maar ik kon mezelf altijd nog als pizzakoerier voordoen.

Misschien moest ik er meer rubrieken bijmaken: auto's die passeerden met een buitenlands kenteken bijvoorbeeld. Dat ik daar niet eerder aan had gedacht.

Binnen een kwartier noteerde ik achtentwintig Duitse auto's en eentje die ik niet thuis kon brengen. Niemand stopte. Ze reden stuk voor stuk richting strand alsof er niets aan de hand was, maar daarin waren die lui natuurlijk geroutineerd. Wie weet seinden ze iets naar elkaar wat ik niet kon zien. Om zes uur precies kwam er iemand achter het huis vandaan, stapte in de pick-up en reed richting de duinen. De laadbak zat weer vol zand. Ik had zo snel niet kunnen zien of het Haviksneus was, maar hij leek er wel op.

Juist toen Trees een bord spaghetti bracht, kwam de pick-up terug: leeg. Haviksneus stapte zo snel uit dat ik alleen maar een schim naar de achterkant van het huis zag wegschieten.

Weer een half uur later stopte er een taxi aan de overkant. Ik schreef op:

Taxi stopt, chauffeur loopt   *18.41-18.42*   *ja!*
naar deur, belt aan, loopt
terug met Haviksneus
die achter instapt.

Om half acht kwam Trees bij me zitten: 'Voor de gezelligheid.'

Daarna kwam Kees: 'Voordat je weer in slaap dondert.'

Maar er gebeurde niets bijzonders meer. Het huis was en bleef donker.

Ik wenste Trees en Kees een goede wacht voordat ik om negen uur naar huis ging.

16. De nachtwacht

'Was het gezellig bij Trees en Kees?' vroeg mijn moeder.
'Ja, en morgenochtend moet ik me om negen uur melden. Ik bedoel, dan moet ik er zijn.'
'Alweer?'
'Ja, Kees en ik zijn begonnen met de voorbereiding van de open haard.'
'Met dit weer? Dan kom ik snel een kijkje nemen.'
Heeft iedereen zo'n bemoeial als moeder?
'Het is veel leuker als het klaar is,' zei ik.

Kees deed om negen uur open met een slaperig hoofd.
'En?' vroeg ik.
'Uh,' zei Kees.
'Is Haviksneus teruggebracht met de taxi?'
'Volgens mij niet,' zei Kees.
'Hoezo "volgens mij"?'

Kees keek me dommig aan.

Boven zat Trees in haar ochtendjas op de uitkijk.
Ze keek ook niet bepaald wakker uit haar ogen. Ik
griste de lijsten van de vensterbank. Er stond:

WACHT 2.

Collectant belt aan.   *21. 11 – 21.12*   *nee*
Deur wordt niet geopend.
Collectant loopt weg.

'En wacht 3 en 4?' vroeg ik.
De blaadjes waren blanco!
'Het werd steeds donkerder,' zei Trees.
'Toen Treesje naar bed ging, ben ik haar even gaan
instoppen,' zei Kees.
Trees giechelde en keek naar haar sloffen.
'Moet ik het dan helemaal alleen doen?' riep ik.
'Het gevaar bevindt zich toevallig wel recht tegen-
over jullie!'
'Sorry knul,' zei Kees. 'Vandaag kun je op me reke-
nen. Ik had er ook een hele week werken op zitten,
moet je denken.'
'Wat denk je van mij?' vroeg ik. Naast het oefenen
voor de musical hadden we een sportdag gehad en

een knutselmiddag…

'Maar nu wil ik me op de zaak concentreren,' zei ik, 'want we weten dus niet eens óf Haviksneus terug is.'

Ik vulde in: *WACHT 5 (feitelijk 2)* en tuurde naar de overkant. Het hielp om wakker te blijven dat ik nijdig was op die twee.
Om 10.02 uur kwam de postbode en om 10.13 uur vertrok de pick-up weer naar de duinen.
'Kees!' riep ik. 'Rijd achter hem aan!'
'Kees is weg met Bommel!' riep Trees vanuit de badkamer.
Dat schoot weer lekker op.
Binnen twintig minuten was de pick-up terug.
Eerst wilde ik tegen Kees foeteren dat we er op deze manier niet achter kwamen waar het zand werd gedropt, maar toen bedacht ik wat anders.
'Het is niet zo interessant wáár het zand naartoe gaat,' zei ik tegen Trees en Kees, 'maar dát iemand zoveel zand wegbrengt.'

17. Actie

Na mijn wacht ging ik nog even naar het strand met Jaco en Tom, maar ik zorgde er wel voor dat ik stipt om vijf uur bij Trees en Kees zou zijn.

'Ze hebben weer gevraagd of ik bij ze kom eten,' zei ik tegen mijn moeder.

'Als je bij hen wilt wónen, moet je het gewoon even zeggen,' zei mijn moeder chagrijnig.

'Joh, laat hem gaan,' zei mijn vader. 'Pubers willen altijd overal zijn behalve thuis. Het is zaterdagavond. Gaan wij gezellig samen uit eten bij een strandtent. Job, vergeet niet de sleutel mee te nemen.'

Nu stond er wel wat op lijst.

WACHT 6.

Twee jongetjes	*14.02*	*14.02*	*nee*
trekken belletje			
Pick-up met zand		*16.24*	*?*
rijdt weg			
Pick-up (leeg) terug		*16.45*	*?*

Goed, wat kunnen wij concluderen?' zei ik. 'Op grond van onze beperkte gegevens?'
We liepen de lijst met mogelijkheden door. Alles was nog mogelijk, waarbij Trees' bordeel het minst waarschijnlijk leek. Hoewel, die mannen hadden 's nachts op bezoek kunnen komen toen Trees en Kees op één oor lagen.
Kees roosterde *spareribs*.
'Ik stel voor dat we vanavond tot actie overgaan,' zei ik. 'Ik heb de tijd, want mijn vader en moeder vonden het gezelliger om zonder mij uit eten te gaan.'
'Nou, dat komt dan mooi uit,' zei Trees, 'want ik vind het heerlijk als je bij ons bent.'

Gelukkig, was ik toch niet alleen op de wereld. Sowieso niet, want Keesje lag naast me op het gras te dollen met Bommel.

'Blijkbaar gaat Haviksneus 's avonds de hort op,' zei ik. 'Wat vinden jullie ervan als we gaan kijken zodra hij vertrokken is?'
'We kunnen ook naar de politie gaan,' zei Trees.
Daar had je het al. Had Kees haar maar niets verteld. Zoiets is toch meer een mannenklus.
'Nee,' zei ik. 'Daarvoor is het te vroeg.'
Kees keek Trees aan en zei tegen mij: 'Goed hoor. Gaan wij er zo dadelijk even naartoe. Als er iemand thuis is, vraag ik nog even naar die dragende muur.'
'Oké,' zei ik, 'ik kijk boven wanneer Haviksneus het pand verlaat.'

Om 19.25 uur was het zover. Weer een taxi, deze keer van een andere centrale.
'Effe nog mijn koffie opdrinken, dan ga ik met je mee,' zei Kees.
Toen we naar de overkant liepen, was mijn hart naar mijn keel verhuisd. Bonkbonk.
Kees belde aan, maar er gebeurde niets.
We liepen langs de zijkant van het huis. De laad-

bak van de pick-up was nog steeds leeg. In de achtertuin haalde ik diep adem en snoof de lucht op: óf er waren geen lijken óf ze hadden ze een heel eind onder de grond gestopt.

Alles was hetzelfde aan de achterkant van het huis, alleen klonk er geen muziek. Het raampje boven de deur stond weer open.

'Als ik eerst op je handen en dan op je schouders ga staan, kan ik naar binnen klimmen,' zei ik.

'Moet dat?' vroeg Kees.

Ik keek hem pissig aan. Hij vouwde zijn handen in elkaar zodat ik erop kon staan.

Het raampje was nog smaller dan ik dacht, maar ik deed mijn T-shirt niet uit, want dan zou ik schaafwonden oplopen. Mijn hoofd ging er makkelijk door, maar bij mijn schouders moest Kees flink helpen duwen.

Ik wilde niet loodrecht met mijn hoofd op het aanrecht klappen dus moest ik eerst iets vinden als steun voor mijn handen. Gelukkig kon ik me vastgrijpen aan de deursponning en mezelf zo omdraaien dat ik met mijn voeten op het aanrecht kwam.

Niet dat ik er de eerste prijs van een atletiekwedstrijd mee zou hebben gewonnen, maar ik was blij weer rechtovereind te staan.

Dief zou ik in ieder geval nooit worden. Mijn maag zat in mijn keel, nog even en Kees' *spareribs* lagen op het aanrecht.

Nu hoefde ik alleen maar de sleutel om te draaien en dan kon Kees ook binnenkomen.

Het was behoorlijk koel. Schemerig ook. Zag ik daarom de sleutel niet? Mijn ogen moesten zeker wennen aan het licht. Toch beter om geen lamp aan te doen.

Ik tastte met mijn hand onder de deurklink: wel een slot, geen sleutel.

Geen paniek, zei ik tegen mezelf. Nergens voor nodig. Je bent in een leeg huis en Kees staat op een meter afstand.

'Kees! hij kan niet open,' fluisterde ik tegen de deur.

'Wat zeg je?'

'Er is geen sleutel.'

De deur ging natuurlijk naar buiten open, dat ik daar niet eerder aan had gedacht. Ik deed een paar passen naar achteren en wilde me met mijn volle gewicht tegen de deur laten vallen toen de bodem onder me verdween.

18. Foutje! Even bellen?

Voor mijn gevoel viel ik een paar meter naar beneden voordat ik keihard op mijn kont terechtkwam. Daarna rolde ik nog een stukje verder. Een pijnscheut vloog van mijn stuitje naar mijn hoofd. Waar was ik? Alles was aardedonker.

Ik lag op zand, het rook naar zand en ik proefde zand. Had ik geschreeuwd toen ik neerstortte? Ik voelde met mijn vingertoppen een paar houten, rechtopstaande planken om me heen. Ruw hout. Nu had ik ook nog een splinter in mijn pink, maar dat was wel het minst erge.

'Mama!' riep ik heel hard.

Wacht, ik moest mijn hoofd erbij houden. Mijn moeder zat een scholletje te eten op het strand. Met veel knoflooksaus, dat vindt ze lekker.

Kees was vlakbij. Zijn mobiel, mijn mobiel. Ik had hem gevraagd de zijne ook mee te nemen. Gelukkig, hebbes! Het was nog een wonder dat ik met zulke trillende vingers Kees' nummer kon opzoeken en indrukken.

Waarom gebeurde er niets? 'Geen bereik' verscheen op mijn scherm. Nee hè!
Ik kon het beste terugkruipen naar waar ik vandaan was gekomen, dan kwam ik vanzelf weer in de keuken. Waarom had ik geen zaklantaarn meegenomen? Zou Sherlock Holmes hem ook wel eens zijn vergeten of hadden ze toen nog geen zaklantaarns? Het was niet hoog genoeg om te staan. Ik kroop op handen en voeten naar de kant vanwaar ik was komen aanrollen.

Opeens was er heel veel licht. Zou Kees iets hebben geregeld? Nee, het licht kwam van achter me. Ging ik de verkeerde kant op? Was door dat vallen en rollen mijn oriëntatievermogen in de war geraakt?
Ik draaide me om. Nu scheen een lichtstraal recht in mijn gezicht en zag ik helemaal niets meer.
Dat moest toch Kees zijn die een zaklantaarn op de kop had getikt.
'Ik ben hier!' riep ik.
Het licht kwam steeds dichterbij. Waarom zei Kees niets terug?

'*Knoertisksksn!*'

Iemand greep me bij mijn nek!

'*Mhjbiuuihbsnsj!*'

Dat was een andere stem.

'Mama!' riep ik, maar ik werd hardhandig naar voren geduwd.

Ik kreeg bijna geen lucht meer. Wat heet, bijna? Wat gebeurde er, wie waren dat?

Plotseling verscheen er licht boven me: we waren weer in de keuken.

'Kees!' riep ik keihard.

Niet meer dan één keer, want de griezel achter me sloot met zijn hand mijn mond af. Met zijn andere hand hield hij mijn armen op mijn rug.

Ik wist het zeker: ik was er zo goed als geweest.

Het volgende moment ging alles zo snel dat ik amper begreep wat er gebeurde. Het regende glassplinters. Toen ik mijn ogen weer opende, zag ik tussen de kranten door een been over het onderste deel van de deur stappen. Kees' been!

'Niet doen, ga weg!' wilde ik roepen, maar dat ging niet met die hand voor mijn mond.

Zodra Kees' tweede been in zicht kwam, pakte een van de mannen Kees' beide benen en trok hem ook

het gat in. Kees passeerde me rakelings en we keken elkaar een seconde aan. Onmiddellijk pakte een vent Kees' armen en hield ze op zijn rug.

'Stelletje idioten!' riep Kees voordat hij met een schep een klap op zijn kop kreeg.

Hij zei nog 'Prrrrrt' en ging onderuit.

19. Wildwest, thuis best

Ik was in mijn eentje overgeleverd aan twee grie-zels.

'*The end*', zag ik voor me. Nooit meer Keesje, mijn moeder, vader, Marja, oma, Jaco, Tom, Frits... Deir-dre...

Nu kon ik trouwens hun gezichten zien. Het wá-ren de twee neven van Vladimir.

Waarom had ik niet eerder bedacht dat dat stel bij elkaar was gebleven? Daar zat ik dan met mijn detectivebloed.

Opeens begon het me ook te dagen wat die drie aan het uitspoken waren. De gang liep rechtdoor naar de gevangenis. Rara, waar zouden ze mee be-zig zijn?

Ik ging het in ieder geval niet meer meemaken. Ze zouden mij ook een klap op mijn kop geven en dan met die pick-up naar de duinen brengen. Of in de achtertuin, nog makkelijker. Begraven naast Kees.

Ik kon wel niet om mijn moeder roepen met die hand op mijn mond, maar huilen lukte nog heel goed.

Intussen zaten de twee killers met elkaar te overleggen. Ze droegen allebei een mijnwerkerslamp op hun hoofd en ik kon natuurlijk geen woord verstaan van wat ze zeiden. Kees lag slap, met zijn volle gewicht tegen de zijkant van de gang. Zijn mond hing een stukje open en hij snurkte.
Kon ik íéts doen om ons hier levend vandaan te krijgen?
'Je moet je niet richten op wat níét kan, maar op wat wél kan,' had mijn moeder vaak gezegd.
Maar wát dan?
Die twee zaten maar te zwammen met elkaar. Eentje wees steeds op zijn horloge. Moest hij de tram halen of zo?
Hoe deden ze dat ook alweer in films? Als de aandacht van de dader een moment verslapt, slaan ze toe.
Even later begon een neef aan me te trekken.
Dat liet ik niet zomaar gebeuren. Ik trapte om me heen.
Nu gaf hij een trap tegen mijn achterste. *'Up!'*

Mooi dat ik niet ging meewerken.

Wat gebeurde er nu? Een hulk tilde me aan mijn T-shirt omhoog.

Daar bungelde ik dan.

Ik kwam net met mijn hoofd boven de keukenvloer uit – of voor wat daarvoor door moest gaan – toen ik een stem hoorde.

'Po-li-tie! U komt nu naar buiten met uw handen omhoog. *Police, hands up!*'

De neven keken elkaar een moment aan. Ik rukte me los, nam een spurt, vlóóg tussen het gekartelde glas van de deur naar buiten en maakte een buiklanding op het gras.

In de achtertuin stonden wel tien agenten.

'Kees ligt beneden. Bewusteloos!' riep ik.

Nu klonk er een heleboel lawaai aan de voorkant van het huis.

Trees holde naar me toe. 'Is met jou alles goed?'

Een paar agenten ramden de keukendeur open. Even later kwamen zes mannen met Kees naar boven en legden hem op een deken in het gras.

Trees schudde aan zijn schouders. 'Kees! Asjeblieft, Kees?'

Een agente wikkelde mij ook in een deken.

'Huh?' Kees richtte zich op en keek verbaasd. 'Het lijkt hier wel *Miami Vice*.'

Een verpleger boog zich over hem heen.

'Jullie gaan eerst naar het ziekenhuis, daarna kun je naar het politiebureau,' zei de verpleger. Onder Kees werd een brancard geschoven en ik liep, nog steeds onder mijn deken, samen met Trees naar een ambulance.

'Wie heeft de politie eigenlijk gewaarschuwd?' vroeg ik.

'Wie denk je?' vroeg Trees. 'Misschien was ik vannacht niet helemaal bij de les, maar vanavond wel…'

20. Held. Ik

In de ambulance had Kees alweer praatjes voor tien.
De twee verplegers hadden de grootste moeite ervoor te zorgen dat hij plat bleef liggen.
'Ze waren een gang naar Vladimir aan het graven,' zei ik.
'Vuil Russisch geteisem!' riep Kees.

In het ziekenhuis waren we snel klaar, maar op het politiebureau duurde het langer. Daar zaten mijn vader en moeder ook. Trees had ze gebeld.
Mijn moeder vloog me om mijn nek: 'Jobje! *Sweetie!*'
Ik was blij dat ze er waren, maar dit vond ik nu weer overdreven. Vooral aan mijn moeder kon ik zien dat ze een wijntje op had.
'Haha!' riep mijn moeder. 'Jullie waren *those dumb policemen* te slim af!'
Als ze te veel heeft gedronken, gaat ze over op Engels.

Er stonden maar liefst vijf agenten om ons heen.

'Mam, we zíjn bij de politie,' zei ik.

'Wij hadden het pand ook al als verdacht aangemerkt,' zei een agent.

'*Yeah*,' zei mijn moeder. '*Too late*.'

'Hoe ver waren ze eigenlijk?' vroeg mijn vader.

'Ze hadden nog maar een meter of tien te gaan,' zei een agent met een aardig gezicht. 'Nog een dag of twee en dan waren ze onder de cel van Vladimir geweest.'

Hij keek Trees, Kees en mij aan: 'Jullie hebben het land een grote dienst bewezen.'

Dat klonk niet gek. Daar wilde ik nóg wel eens een half uurtje voor afzien.

'*And the rest of the world*,' zei mijn moeder. 'De politie moet het hebben van de *ordinary people*.'

'Zo is het wel genoeg, Ann,' zei mijn vader.

'Wat ik toch even onder de aandacht wil brengen,' zei Kees terwijl hij over zijn bult streek, 'is dat Job degene is die het echte werk heeft geleverd. Híj bracht allerlei zaken met elkaar in verband en híj heeft acht uur naar de overkant zitten staren, ik bedoel observeren. Eerlijk gezegd had ik mijn twij-

fels, maar ik wilde het niet voor hem verpesten. Van Treesje is het slim dat ze jullie hulp heeft ingeroepen, anders had het er slecht voor ons uitgezien.'
Bij het laatste keek hij mijn moeder aan.

De hele zondag was ik druk met interviews en tv-opnamen voor zowel plaatselijke als landelijke stations. Ik moest steeds weer vertellen over onze ontmoeting met de drie neven, het valse briefje van vijfhonderd, Keesje achter in hun tuin, Annie met al haar geld in het bejaardentehuis, onze observatiepost en de uiteindelijke ontknoping.
Aan het einde van de dag stonden overal boeketten bloemen en zaten Jaco, Tom, Frits en zijn vader bij ons in de tuin. Er belden ook wildvreemde mensen aan om te zeggen dat ze het zo goed vonden wat ik had gedaan. Het leek wel of ik in een dag tijd iemand anders was geworden.

Ik pakte Keesje en nam hem op schoot. Hij was ook door het dolle heen.
Uit mijn broekzak klonk een piep. Allerlei kinderen van school stuurden sms'jes. Mijn mobiele nummer leek net 112.
'Goed gedaan, Job! Clarissa.'

'Ik ben trots op je. Marleen.'
Ik moest vreselijk hard nadenken wie dat waren: meisjes uit groep zeven.
Nu stond er: 'Wauw, Job! 1. *I loved your eyes on tv 2. Want to be my Prince in the musical and in real life?* X Deirdre.'
Nee, hè? Ze had me het afgelopen halfjaar niet eens zien stáán! En omdat ik nu toevallig – nou ja, toevallig – de wereld had behoed – nou ja, de wereld – voor tja, dat was ook nog niet helemaal duidelijk.

De twee neven waren aan de voorkant gesnapt toen ze weg wilden rennen en Haakneus hadden ze in de stad gevonden, maar geen van drieën wilde natuurlijk vertellen wat Vladimir zou hebben uitgehaald op het moment dat hun plan was gelukt. Waarschijnlijk had hij weer de baas willen spelen in Rusland. Of zou hij rustig achter de gordijnen zijn gaan zitten om een potje te schaken? Dat kunnen Russen toch zo goed?

Ik hield het maar bij het eerste, dat klonk een stuk vetter.

Deirdre meldde zich dus omdat ze me op tv had gezien. Waarom schreef ze in het Engels? Wat een aanstelster. Maar ook wel giga, om niet te zeggen supergiga: als ik wílde, kon ik weer verkering met haar hebben! En deze keer zouden de rollen omgekeerd zijn. Misschien moest ik niet meteen nee zeggen, dat kon altijd nog.

Daar ging de bel weer.
Het was Marja.
Ze gaf me twee zoenen op mijn wang, nee kussen meer. Heel zacht, met lichte, warme lippen. 'Heel gevaarlijk wat je hebt gedaan, Job, maar te gek!'
Ze stond in het zonlicht en ik zag overal piepkleine blonde haartjes op haar gezicht.
'Ik heb wat voor je gemaakt.' Uit een plastic tasje haalde ze een soort tulband, gemaakt van gele boterbloemen. 'Grapje, omdat je zo'n held bent.'
Had ze dat ding voor me zitten vlechten.
'Wat lief van je.' Ik sloeg mijn armen om haar heen en drukte haar even tegen me aan. Woehoe!

Frits haalde zijn wenkbrauwen op toen Marja en ik de tuin inliepen.
'Zie ik hier iets moois ontstaan?'
'Houd jij je met jezelf bezig, dan heb je het druk genoeg,' zei ik.
Zo bazig was ik nog nooit geweest tegen Frits.

'Oké, oké, rustig maar,' zei hij.

Hoe het ook verderging, die Vladimir had me geen windeieren gelegd, zou Tom zeggen.

Voortaan wist ik twee dingen heel zeker. Ik bleef altijd naast de gevangenis wonen én ik zou Deirdre heel snel een sms'je sturen: *'Thnx, but no thnxs.'*

21. De Baron de Graaffprijs gaat naar...

De poppenkast rond de ontsnapping die wij hadden weten te 'verijdelen' (dat woord kwam steeds terug in kranten en tijdschriften) liep nog de hele week door. Mijn moeder legde een map aan met artikelen. Op de omslag had ze een foto geplakt van Kees, Trees, Keesje en mij.

Ik had het niet voor mogelijk gehouden, maar na een paar dagen kreeg ik er genoeg van wéér hetzelfde verhaal te vertellen.

'Het is mooi geweest,' zei mijn moeder. 'De afspraken die al zijn gemaakt, kom je na, maar er komen geen nieuwe bij.'

Ik had trouwens ook geen tijd meer, want de musical was die week. Op donderdagmiddag hadden we de generale repetitie, waarbij alle stoppen in de elektriciteitskast doorsloegen. Vrijdagmiddag speelden we voor alle kinderen van school en de officiële uitvoering tot slot was op vrijdagavond.

Vóór de musical begon, kregen we eerst de uitreiking van de Baron de Graaffprijs.
Een aantal meisjes zat zich weer vreselijk aan te stellen. Hielden ze hun handen voor hun gezicht. 'Ooh-ooh, ik vind het zo e-e-e-eng!'
De Baron de Graaffcommissie, een paar ouders die voor de krant werken of zo, bepaalde wie de prijs zou krijgen.
Eerst hield de voorzitter zo'n verhaal als altijd. 'Veel zeer goede inzendingen, vaak een lust voor het oog, grote verscheidenheid van onderwerpen.' Blabla.
Verschillende ouders zaten opgefokt op het puntje van hun stoel. Die van mij gelukkig niet. Ik had gezegd dat ze er echt niet op hoefden te rekenen dat ik zou winnen met mijn berenverhaal. Mevrouw Daalder zat tussen hen in. Kees en Trees ernaast.
Als het publiek na de prijsuitreiking een kopje koffie zou krijgen, konden wij ons omkleden.

Ik had Deirdre nog niet gezien. Die had zeker extra tijd nodig om zich op te tutten. Haar ouders en zussen zag ik wel.
Zowel bij de generale als bij de eerste voorstelling

had ze trouwens heel goed gespeeld. Ze had veel tekst en moest bovendien zingen en dansen, maar het was alsof ze haar hele leven alleen maar op het toneel had gestaan (wat eigenlijk ook zo was, bedacht ik vals).

Die man stond nog te zeuren over de punten waarop de commissie had gelet. Nu ging hij natuurlijk zeggen dat het heel moeilijk was geweest om maar één winnaar uit te kiezen, maar dat ze na lang beraad, blabla.

'Nog nooit in de afgelopen jaren, dat wil zeggen zo lang als ik voorzitter ben van de Baron de Graaff-commissie, zijn we het zo snel met elkaar eens geweest wie de winnaar moest worden.'

'Spannend!' zei Annette net iets te hard tegen haar buurvrouw.

Of eigenlijk was het niet zo hard, maar omdat het doodstil was, kon iedereen het horen.

'Als je goed hebt geluisterd, Annette,' zei de voorzitter, 'heb ik gezegd de winnáár. Dat betekent: sorry dames, maar jullie vallen af.'

Er klonk één lange, teleurgestelde zucht door de zaal. Van de meisjes én van een heel stel ouders.

'Oké, dan ga ik nu verder. We hebben hier te maken met een leerling die niet alleen een opvallend volledig overzicht geeft van de geschiedenis van een product, de marktsituatie, technische *ins* en *outs*, voor- en nadelen van constructies, maar…,'

Volop geroezemoes, iedereen zat te raden over wie hij het had.

Tom en ik keken elkaar aan. Het was toch niet …?

Nu keek Frits achterom en stak voorzichtig zijn duim op.

'Wat dit werkstuk héél bijzonder maakt, is dat de leerling in kwestie niet alleen een zeer geavanceerd en gecompliceerd systeem beschrijft, maar ook nog eens een werktekening bijvoegt voor een – zoals het zich laat aanzien – opzienbarende verbetering. Mag ik de winnaar naar voren roepen?'

Nu durfde ik naar Jaco te kijken. Had hij het zelf niet door? Hij keek heel verbaasd.

'Jaco van Gennep!' riep de voorzitter. 'Meester der motoren, specialist in Ducati's, Harley-Davidsons, Yamaha's en wat al niet meer. Jaco, ik wens je alle succes op het vmbo. Wij twijfelen er niet aan dat je het ver zult schoppen in de techniek. Applaus voor Jaco!'

Jaco stond nog heel verbaasd te kijken toen hij een boek over Napoleon in zijn handen gedrukt kreeg en een grote bos bloemen.

Mijnheer Bakker nam de microfoon over. Hij bedankte de commissie en riep dat wij ons als een haas moesten omkleden.

Ik gaf Jaco een klap op zijn schouders. 'Goed gedaan, man!'

Tom deed hetzelfde, maar Frits seinde dat we hem op onze schouders moesten nemen en dat deden we.

22. Prinses Deirdre

Omdat Deirdre zich moest aankleden in dezelfde ruimte als mijn dwergen, hoorde ik het meteen toen ik binnenkwam. Deirdre huilde met lange uithalen.

Een groep meisjes stond om haar heen.

'Wat erg!', 'Vreselijk!' hoorde ik, en 'Heb jij even pech!', 'Is er geen zalfje voor?', 'Zit er een dokter in de zaal?'

Nu gingen alle jongens ook naar haar toe.

Eerst hield Deirdre haar armen voor haar gezicht, maar plotseling draaide ze zich om. 'Hier! Als jullie het willen weten: ik ben daarnet door een wesp gestoken!'

Ik wist niet wat ik zag. Haar bovenlip was zo dik als een knakworst en ze had overal bulten op haar gezicht.

'Ja, en ik ben nog allergisch ook!' zei ze en barstte weer in tranen uit.

Haar stem klonk vervormd. 'Allergisch' klonk als 'allelgliesj.'

Iedereen keek met open mond naar Deirdre, tot Jori het opeens uitproestte en toen was er geen houden meer aan. Een paar man kregen de slappe lach. Ik drong snel naar voren. Ook al was Deirdre een trut, dit was té zielig. De vlammen sloegen uit haar ogen, die nog steeds verschrikkelijk mooi waren.
'Rottig voor je!' zei ik en ik wilde haar armen beetpakken, maar ze sloeg mijn handen weg. 'Jullie zijn een stelletje *assholes!*' krijste ze.
Toch nog Engels.
Ze was al omgekleed en had zich blijkbaar ook opgemaakt, want haar bultige wangen zaten onder de blauwe strepen en zwarte vegen.

Marja stapte op haar af. 'Deirdre, kun je nog spelen of wil je dat iemand het van je overneemt?'
Ik vroeg me af wie dat in 's hemelsnaam zou kunnen doen.
'Nee, ík ben de prinses!' huilde Deirdre.
Nu was iedereen uitgelachen.
'Natuurlijk ben jij de prinses,' zei Charlotte.
'Zeker weten,' zei Jori.

'Een prinses met een dikke lip,' zei Jaco opeens.

'Prinses Diklip.'

Gek genoeg begon Deirdre als eerste te lachen. 'Die is goed, Jaco!'

'We moeten opschieten,' riep Ralph. 'Kom, omkleden. We gaan er een mooie voorstelling van maken!'

Toen Deirdre de eerste keer opkwam, hielden we achter het podium onze adem in. Eerst klonk er gegrinnik, daarna geroezemoes en vervolgens gegiechel in de zaal. De bulten waren nog redelijk te camoufleren geweest, maar haar lip niet.

Het was ook geen gehoor.

'Mijn grootsjte wensj isj sjangeres te worden,' zei ze.

De zaal lag dubbel.

Deirdre zei niets meer. Ze zou toch niet wegrennen? Dan hadden we echt een probleem.

'Ook al ben ik…'

Gelukkig was iedereen weer stil.

'Prinsjes Diklip,' zei ze.

Die Deirdre! Ze kreeg meteen applaus, maar ze was nog niet klaar.

'Dat krijg je ervan alsj je een ijsje eet en je wordt

gesjtoken door een wesjp!'
Nog meer applaus.
Petje af voor haar. Die ging het ook ver sjoppen,
pardon schoppen. En dan kon ik zeggen dat ik verkering met haar had gehad. Sterker nog: dat ik ooit
eens bedankt had voor de eer.

De musical liep als een trein. We hadden nog nooit
zo goed gespeeld.
Het was alleen een beetje irritant toen ik me op het
podium als roddeljournalist met een camera om
mijn nek achter een zogenaamd bosje moest ver-
stoppen en mevrouw Daalder riep: 'Dat is Job!
Waar is Keesje? Schenk je me een borreltje in?'
Had het publiek weer wat te lachen. Nou ja, wat
maakte het ook uit.

Met z'n allen naast elkaar zongen we het slotlied:

'Voor ons is school nu voorbij,
klaar zijn wij,
Dit lied is ons afscheid
van een mooie tijd.
Veel gelachen, soms een traan,
Vaarwel, wij moeten gaan.'

Ik stond tussen twee andere dwergen en keek de zaal in. Overal lichtten tissues op. Een heleboel ouders zaten te grienen! Mijn moeder ook en ja hoor, Kees snoot zijn neus. Waar sloeg dat nu op? We gingen toch niet dood?

23. Canada

Na de musical zag ons groepje elkaar iedere dag, totdat er steeds weer iemand met vakantie ging.
Als iedereen terug was, zou er nog een eindfeest zijn voor de groepen acht bij Bodile. Daarna gingen we naar de middelbare!

Nadat ik nog twee weken thuis was geweest, vertrokken wij naar Canada.
Kees bracht ons naar het vliegveld en ik moest afscheid nemen van Keesje.
Ik besloot dat het de laatste keer was dat ik dat deed. Vier weken geen Keesje!
Trees hield hem in haar armen en hij kwispelde vrolijk, maar ik kon wel huilen. Mijn lieve, kleine Keesje.

In het vliegtuig zat ik, net als Grizzly Man niet bij het raam, maar midden in de rij. Aan mijn linkerkant viel een Amerikaan tegen me aan in slaap. Rechts zat een Canadese jongen van vijftien die bij een tante in Nederland was geweest.

Cool om weer Engels te praten.

Toen we op het vliegveld in Calgary aankwamen, was ik helemaal vergeten dat je daar altijd wordt begroet door bejaarden met cowboyhoeden. Ze komen naar je toe en zeggen: '*Welcome to Canada!*'

Mijn moeder begon meteen een heel verhaal tegen zo'n oude mevrouw. Ze deed me denken aan mevrouw Daalder. Trees had beloofd dat ze iedere week met Keesje bij haar op bezoek zou gaan.

Mijn vader had een auto gereserveerd zodat we meteen door konden rijden naar oma en opa.

Vanaf het vliegveld zag je de bergen al liggen. Hier en daar lag nog sneeuw op de toppen. Een heel mooi gezicht tegen die strakke, blauwe lucht.

Nu ik de lucht zag en rook – veel frisser dan thuis – voelde ik alles tintelen. Te gek om weer in Canada te zijn!

We moesten naar het noorden rijden over een weg tussen de Rocky Mountains door. Langs de weg zagen we al snel een paar coyotes, een soort wilde honden. Even later stak er een hert over! Mijn moeder kon nog net op tijd op de rem trappen.

In het park mag je maar negentig kilometer per uur rijden terwijl er bijna geen kip op de weg zit. Erg sloom, maar beter voor al die dieren.

Mijn vader en moeder reden om de beurt. Ik had geen slaap. Dat kwam vast van de jetlag.

Nadat we onderweg een broodje hadden gegeten, werd de weg smaller en begon het te schemeren.

Opeens riep mijn vader: 'Ann, stop!'

Liep er, op misschien dertig meter, een beer op de weg! Een bruine beer zonder bult. Op zijn dooie gemak! Hij keek niet op of om, stak gewoon over.

Al snel stopte er aan de andere kant ook een auto. Iemand stapte uit .

'Bloody idiot!' riep mijn moeder.

Een camera flitste, maar de beer kuierde gewoon door en verdween in de bosjes.

Ik had ook wel de auto uit gewild. Heel gaaf om een beer in het echt te zien, dat was nog niet eerder gebeurd tijdens een vakantie in Canada. Wat een enorm beest. Van mijn werkstuk wist ik dat de zwaarste beer die ze ooit hadden gewogen, meer dat duizend kilo was.

Wauw, dat was nog eens wat anders dan die beren

in de bioscoop of op internet.
Van mij had hij langer mogen blijven.

24. Boomhut- & *bearstories*

Toen we aankwamen bij mijn oma en opa, was het aardedonker. Vanachter het huis scheen licht. Iedereen zat rond een kampvuur en begon te juichen toen ze ons zagen.

De twee zussen van mijn moeder waren er, één oom (de andere tante is gescheiden), mijn drie nichten en Brian. Hij en ik schelen maar een paar weken.

Voordat ik iedereen had begroet, sleepte hij me mee naar de meetboom. Dat is een oude eik waarin opa streepjes heeft gekerfd. Brian was iets meer gegroeid dan ik in die twee jaar. Drie centimeter of zo. Lekker belangrijk.

Er was ook een barbecue met moten zalm en maïskolven. Nu had ik trek. Mijn oma trok me op schoot. 'Wat ben jij veranderd. Je bent geen jongetje meer. Ik kan zo zien dat je al in je *puberty* bent!' Nee hè.

Mijn moeder hoorde het. 'Praat me er niet van. Job is eigenwijs, buiig, hij doet gevaarlijke dingen en hij is al een keer *in love* geweest.'

'*Cute!*' zei mijn oma.

Nu bemoeide tante Laurie zich er ook mee. 'Met Brian is het precies hetzelfde. Gek word ik ervan.'

Tijd om me uit de voeten te maken. Ik sprong van mijn oma's schoot – volgens mij heb je daar als puber weinig te zoeken – en ging naar mijn nichten en neef.

Joan, Brians zus, was heel lang geworden, net als haar blonde haar. Zij was nu veertien.

De tweeling van mijn moeders andere zus, Zara en Zoë, was negen en ik kon veel beter met ze praten dan de vorige keer.

Gelukkig voelde Joan zich niet te groot om een boomhut te maken. De volgende dag vonden we een grote plataan verderop in het bos.

Mijn opa zei: 'Ik wil niet dat jullie te ver van het huis gaan. Het is dit jaar niet veilig. Boven in de bergen is de sneeuw nog niet gesmolten. Dat betekent dat de beren daar onvoldoende voedsel hebben en ze in het dal blijven rondhangen.'

Oma vertelde dat niet lang geleden drie vrouwen

aan het joggen waren toen uit het niets een beer kwam aanrennen. De meest lenige van de vrouwen was in een boom geklommen, maar niet hoog genoeg. De beer ging op zijn achterpoten staan, sloeg haar eruit en at haar op. Die andere twee waren doorgehold.

Jasses.

Mijn oom wist dat ze een paar jaar geleden een beer bij een boom hadden gevonden met een houthakkersbloes voor zich op de grond. Het was van een man geweest die een nieuwe gasfles ging kopen.

'Een sprekend voorbeeld van iemand die op het verkeerde moment op de verkeerde plaats is,' zei mijn oom.

'Wat voor bloes?' vroeg Zoë.

Zij is gek op kleren. Zelfs in het bos liep ze er opgetut bij.

Mijn tante moest denken aan het verhaal van een echtpaar dat in hun tent lag te slapen toen een enorme beer door het doek was komen aanzetten. De boswachter ontdekte later dat hij op de koekjes was afgekomen, maar in een moeite die door mevrouw en mijnheer ook had opgepeuzeld.

'Die koekjes hadden ze in een boom moeten ophangen,' zei opa. 'Jullie moeten ook oppassen.' Elke avond na de barbecue moesten we alles opruimen alsof de koningin op bezoek kwam. 'En ik wil niet dat jullie in je eentje naar die boomhut lopen. Beren zijn lafaards. Ze vallen nooit aan als je met zes man of meer bent, dus zorg ervoor dat je altijd bij elkaar blijft.'

'We zijn maar met z'n vijven!' zei Brian.

'Ik zou bijna zeggen: maak lawaai voor zes, maar dat doen jullie al,' zei opa.

Nou ja. Het was weer een te gekke vakantie en als ik eerlijk was, dacht ik nauwelijks aan Keesje. Heel eventjes voordat ik 's avonds insliep en dan kreeg ik een lekker warm gevoel.

Er was eigenlijk maar één ding zuur aan deze vakantie: iedereen ging een week eerder naar huis dan wij.

25. Vissen. Ik!

Op zondag was het zover. Brian, Joan en mijn kleine nichtjes waren vertrokken en ik bleef moederziel alleen achter met mijn oma en opa en ouders. Moederziel dus eigenlijk niet, maar ik had geen kip meer om mee te spelen. Wij zouden pas op zaterdagavond terugvliegen.

Mijn opa en oma hebben geen pc, zelfs geen video of dvd-speler. Ik kon moeilijk de hele dag voor de buis gaan liggen. Dat kon ik trouwens heel goed, maar dat mocht niet.

'Heb je al een letter gelezen in een van de boeken die je hebt meegenomen?' vroeg mijn moeder. Zelf had ze een hutkoffer vol uitgelezen. 'Heerlijk!' riep ze steeds.

Mijn vader ging bijna iedere dag vissen. Een paar keer was zijn vangst geroosterd op de barbecue. Zat hij te glimmen van trots.

Nou ja, iedereen kon zichzelf dus leuk bezighouden, behalve ik. De saaiheid droop van het huis, het bos en de bergen.

'Kun je iets minder chagrijnig kijken?' vroeg mijn moeder. 'Wij zitten hier voor onze lol als je het niet erg vindt.'

'Ach, op die leeftijd,' zei mijn vader.

Kregen we dat weer. Als hij nog een keer het woord 'puber' in de mond nam, stond ik niet voor mezelf in.

'Wat zou je ervan zeggen om dadelijk mee te gaan vissen?' vroeg mijn vader opeens.

Dat had hij nog nooit gevraagd en ik zou niet op het idee zijn gekomen.

Vissen! Ik ging het in ieder geval tegen niemand zeggen. 'Wat heb jij gedaan in de vakantie?' 'Vissen met mijn vader.' 'Heftig zeg.'

'Misschien vind je het leuk. Dat weet je niet voordat je het hebt geprobeerd. Ik weet nog goed toen ik de eerste keer met míjn vader meeging...'

Nee hè. Nu zou het verhaal volgen van de karper die de boot bijna omver had getrokken.

'Oké,' zei ik snel voordat hij eraan kon beginnen.

Alles beter dan rondhangen bij mijn lezende moeder en rondscharrelende opa en oma.

Dan werd het nooit zaterdag.

'Neem je rugzak mee met een petje tegen de zon,
warme kleren voor als het afkoelt en een fles water.'
Aan mijn rugzak rinkelde het berenbelletje dat ik,
net als de andere kinderen, van opa had gekregen.
'Dat schrikt ze af!' had opa gezegd.
Ja hoor. Het geluid was nog zachter dan dat van
een fietsbel. Tinkel-tinkel.
Mijn vader kleedde zich weer eens aan alsof hij liever als kikker door het leven ging: groene jas, laar-
zen en iets groens op zijn hoofd.
'Ik leg je in de boot wel uit wat je moet doen. Hier,
jij mag deze hengel van me lenen.'
We reden met de auto naar het meer. Daar ligt het
blauw geverfde bootje van opa.
Eerder die week was ik er met mijn nichten en neef
geweest. We waren een stuk van de kant geroeid en
in het water gesprongen. Ik was Brian voor geweest
en had hem kopje-onder geduwd, maar verder was
er geen lol aan: ijskoud.

Nu roeiden we helemaal naar het midden.
'Vergeet niet te genieten van het uitzicht,' zei mijn
vader. 'Over een paar dagen is het voorbij. Kijk je

weer tegen bakstenen aan.'

'En de zee en de duinen,' zei ik.

'Ja, maar thuis is het nu overal bomvol en hier zijn jij en ik alleen.'

Dat was het nu juist. Ik kon opeens niet meer wachten tot ik iedereen weer zou zien. Zou Keesje zijn gegroeid? Wat zou hij doen als hij me zag? Met Jaco en Tom moest ik ook snel afspreken want ik wilde hen niet kwijtraken omdat zij naar een andere school gingen. Met Frits en Marja was het geen punt. We hadden gevraagd of we bij elkaar in dezelfde brugklas konden worden geplaatst.

De bankjes waren hard en het roeien ging zwaar.

'Dan ga ik nu vertellen hoe je moet vissen,' zei mijn vader.

Het bootje schommelde nauwelijks, er was geen zuchtje wind.

Hij haalde een doosje met aas tevoorschijn.

Ik vond die dikke, krioelende wormen heel goor, dus maakte mijn vader er een vast aan mijn haakje.

Nou, daar zaten we dan. Mijn vader met zijn grote hengel een kant op en ik met de kleinere naar de andere kant.

'Voel jij al wat?' vroeg ik.

'Nee, en dat hoeft ook helemaal niet. Het gaat om de sport. De afgelopen weken ben ik toch ook een aantal keren zonder iets terug gekomen?'

'De állereerste keer ving jij een karper,' zei ik. 'Ik wil ook een karper vangen.'

'Die zitten hier helemaal niet,' zei mijn vader kriegel.

Was ik maar thuis gebleven. Een boek lezen in de boomhut was tien keer zo *exciting* als dit gevis naar niks.

26. Berensaai: beter

Ik kreeg een houten kont op dat bankje. Mijn vader zat voor zich uit te mijmeren en die vissen sliepen zeker ook. Er gebeurde niets. Nada.
Het meest opwindende moment was het eten van onze boterhammen. Daarna zaten we weer in het niets te turen. Ik bedacht dat ik dan wel de stamhouder was, maar het vissen zou bij mijn generatie toch echt ophouden.
Langzaam verscheen er schaduw op de bergen en over het meer.
'Ik vind het maar frisjes,' zei ik.
'Nog even. Volgens mij zie ik beweging onder het wateroppervlak.'
Eerder had ik al gezegd dat ik het te warm vond, staar kreeg en verlammingsverschijnselen voelde opkomen. Zei hij ook: 'Nog even.'

Om half vijf was het zover. We hadden niet één

piepklein visje gevangen. Het emmertje dat we hadden meegenomen om het diner te vervoeren ging leeg mee terug.

'Ik roei wel!' riep ik.

Alles beter dan stilzitten. Ik roeide als een gek naar de kant.

De parkeerplaats lag maar een klein stukje verderop. Moest en zou ik van mijn vader ook nog de knoop leren waarmee je de boot vastlegt.

'Dat doen we de volgende keer. Kom, we gaan!' zei ik.

'Nee, het is handig om de mastworp te kennen. Die komt altijd van pas.'

'Het stinkt hier trouwens een uur in de wind,' zei ik.

'Ja, naar bedorven vlees.'

'Mest, vuilnis,' zei ik.

'Oké, dus je houdt je linkerhand...'

'Grrrrrooooooooochchchch.' Achter ons klonk een enorme brul.

Tegelijkertijd keken we om, maar het was al te laat. Een gigantische beer kwam op vier poten aanhollen. Hij ging op zijn achterpoten voor ons staan. Waanzinnige klauwen, grote gele punttanden. Het was een grizzly. Dat zag ik aan zijn bult en aan de haren op zijn neus. Ik kreeg geen lucht meer.

'Wegwezen!' riep mijn vader. Hij duwde mij naar achteren en ging voor me staan.

Ik stond verstijfd toe te kijken hoe de beer nog een keer gromde met zijn muil open. 'Grrrrrroooooochchchch.'

Ging van het bibberen dat lullige belletje aan mijn rugzak rinkelen: tingting.

Nu stortte de beer zich op mijn vader.

'Nee, niet doen!' huilde ik.

'Rennen!' riep mijn vader. Hij lag op zijn buik en hield zijn armen om zijn hoofd geslagen. Dat was goed bij een grizzly.

'Doe of je dood bent!' gilde ik.

Nog even en dan hoefde mijn vader daar geen moeite meer voor te doen. De beer zette zijn tanden in mijn vaders billen.

Ik had de hengel nog in mijn hand. Eigenlijk moest ik hem op zijn neus zien te raken, maar al wat ik zag was één grote, bruine, harige berg. Ik sloeg hem op zijn rug. Knak: weg hengel.

Lag er ergens een stok? Ik keek achter me toen een hoge fluittoon klonk: 'fluuuuuut' en daarna 'tuu-uuuuuut'.

De kop van de beer ging omhoog, hij spitste zijn

oren – dat ik dat nog zag – keek in de richting van het geluid en… rende op vier poten het bos in!

De beer was weg, maar wat was er van mijn vader over?
Zijn broek lag aan flarden, alles zat onder het bloed. Tussen de stof door zag ik diepe houwen in zijn huid.
Ik kokhalsde, maar deed snel mijn T-shirt uit, spande het onder zijn buik en trok het strak aan.
Mijn vader zei niets. Hij kreunde niet eens.
Nu zat mijn keel dicht. 'Pappa!'
Hij zou toch niet… Ik boog me over hem heen.
'Pap, pap!' fluisterde ik.
'Au-au,' hoorde ik nu en daarna: 'Goed gedaan, ventje.'
Ventje? Dat zei hij toen ik vier was.

''t Komt allemaal goed, pap,' zei ik. 'Kun je opstaan?!'
Mijn vader probeerde zich op te drukken, maar het lukte niet.
Nu draaiden zijn ogen. Nee hè, straks viel hij flauw. Hoe kwamen we hier dan weg?
Als die beer terugkwam, of zijn familie, waren we er geweest.

The Grizzlymen from the Netherlands.

'Even wachten,' zei mijn vader. 'Dadelijk lukt het wel.'

Kon ik mijn vader naar de auto slepen? Het bloeden was zo te zien gestopt.

Ik keek naar de plaats waar de beer naartoe was gehold toen ik bekend gepruttel hoorde. Mijn opa's auto!

'Wat is hier in godsnaam gebeurd? Ik dacht, laat ik even helpen al die vis te sjouwen,' riep opa toen hij kwam aanhollen.

Hij keek naar mijn vaders wonden. 'We gaan onmiddellijk naar het ziekenhuis.'

Toen ik vertelde dat de beer was weggerend na het hoge geluid, zei hij: 'Wat hebben jullie een geluk gehad! Weet je wat dat was?'

'Nee?'

'De goederentrein. Daar is die beer van geschrokken. Hoe vaak denk je dat die trein langskomt?'

'Uh?'

'Eén keer per week!'

27. Discofinale

De arts in het ziekenhuis was een hele tijd bezig mijn vader op te lappen. Alles moest worden gedesinfecteerd en gehecht. In zijn ene bil drieëntwintig hechtingen en in de andere achttien. Daarna zag het eruit als een grote prikkeldraadtattoo.
De parkwacht kwam ook nog langs.
Ik moest de beer zo nauwkeurig mogelijk beschrijven, maar ik kon wel zien dat die man niet erg onder de indruk was.
'Hij was groot, bruin en had heel gemene oogjes' en nog iets over die klauwen en tanden, meer kon ik er niet van maken.

De rest van de week ging ik niet meer naar de boomhut. Misschien had die beer wel de pest in dat hij ons had laten lopen en zocht hij ons.
Mijn moeder was zich rot geschrokken. Ze maakte allemaal lekkere hapjes voor mijn vader en vroeg

steeds hoe het met me was, of ik akelig had ge-
droomd of zo.

'Jij bent bang dat ik een berentrauma heb opgelo-
pen,' zei ik.

Gelukkig was dat niet zo. Ik sliep lekker en wilde
zo snel mogelijk naar huis om Keesje en iedereen te
zien. Als ze me zouden vragen hoe de vakantie was
geweest, had ik in ieder geval iets interessants te
vertellen.

In het vliegtuig kreeg mijn vader drie stoelen naast
elkaar zodat hij kon gaan liggen.
De avond nadat we thuiskwamen, was het feest bij
Bodile.
Ik was nooit met haar opgetrokken omdat ze in de
parallelklas zat.
Ze bleek te wonen in een vrijstaand huis met een
heel grote tuin en zelfs een eigen tennisbaan. We
hadden allemaal zeven en een halve euro moeten
inleveren voor de drankjes en de hapjes. Als ik later
zo rijk ben, laat ik dat zitten. Of zijn die ouders
juist zo rijk geworden omdat ze nooit iets laten zitten?

Gek genoeg leek het wel of we al ouder waren ge-

worden in de tussentijd. Deirdre had een zonne-
bril op haar hoofd en zag eruit alsof zestien was. Ze
kwam meteen op me af.

'Hi Job, heb jij nog wat spannends meegemaakt?'
Tegelijkertijd keek ze naar iets of iemand achter
me.

Wanneer had ik dat eerder meegemaakt?

'Mijn vader en ik zijn bijna opgegeten door een
beer, maar verder niets bijzonders,' zei ik.

'Cool', riep ze en liep meteen door naar... Jaco.

'Hi Jaco! Jij bent bruin geworden zeg!'

De meester liep gewoon met zijn vrouw rond. Nou
ja, dan zou het wel weer goed zijn. Net *Goede Tijden Slechte Tijden*. Wat een drukte om niks.

Nadat we wat hadden gedronken, klapte Bodile in
haar handen. 'De disco is in het tuinhuis!' Bleek er
ook nog een of ander gebouwtje te liggen achter
een stel bomen in de tuin, zeg maar park.

Frits volgde als eerste Bodile. Hij keek, geloof ik,
opeens met andere ogen naar haar.

We liepen achter elkaar naar binnen.

Eerst zag het er nogal donker uit, maar toen mijn
ogen waren gewend, zag ik dat ze daarbinnen ook
alles hadden versierd. Zilveren discoballen aan het

plafond en zwarte doeken tegen de muren. Ook nog wat rode verlichting, het zag er kicken uit. Bodiles broer stond achter een tafel met allerlei muziekapparatuur. Bij ieder liedje hield hij een praatje.

Het was knap vol met z'n allen, maar op de een of andere manier was dat precies goed. Kon niemand erg op je letten.
Iedereen begon meteen te dansen. Geen gehang dit keer.
Ik stond vlak bij Frits. Nu kon ik eens precies zien wat hij deed.

1. 'Bodile, wij gaan dansen,' zei hij   ↔ (in plaats van) 'Wil je met me dansen?'
2. Pakt haar vast   ↔ meter afstand
3. Kijkt haar aan   ↔ naar grond/muur/plafond
4. Zegt: 'Je danst goed' 'Weet je dat je mooie ogen hebt?   ↔ 'Warm, hè'
   ↔ 'Wat had jij als eindcijfer voor rekenen?'

Nu ging ik ook wat doen.

Ik zocht Marja met mijn ogen, maar ze stond vlak voor me en pakte mijn hand. Het slowen ging nóg meer vanzelf dan toen met Emily. We vergaten zelfs om tussendoor wat te drinken.

Ik zei niets van haar ogen, maar trok haar even aan haar staart.

Wat mij betreft hadden we de hele nacht door mogen gaan, maar van het ene moment op het andere was het over: er brandden vier tl-lampen aan het plafond. Het leek wel de verlichting bij de tandarts. De vader van Bodile stond in de deuropening met zijn vinger op de schakelaar.

'Er is een tijd van komen en een tijd van gaan. Dag jongelui!'

'Hè pap, nog even,' zei Bodile. 'Please! Nog één liedje.'

'Nee, het is klaar. Huppetee, iedereen naar huis!'

Zou hij dat op zijn fabriek ook zo doen en word je daar dan rijk van?

Niemand durfde wat te zeggen. We liepen meteen naar buiten.

Het was pikkedonker. Ik pakte Marja's hand en gaf

haar een kusje. Op haar mond!
Snel zei ik: 'Nu hebben we verkering.' ('Wil je verkering?')

—

'Vroeg je me wat?' zei Marja.
Dat ging niet goed, ik kreeg het opeens ijskoud.
'Grapje,' zei Marja en ze kneep me in mijn hand.
'Ik wil best verkering met je, Job.'
Pffft, als dit puberen was, wilde ik nog wel even puber blijven. Puber? Bofkont!